并非所有的真,都会照顾到美

韩金兔 著

台海出版社

图书在版编目（CIP）数据

并非所有的真，都会照顾到美 / 韩金兔著 . -- 北京：
台海出版社，2021.2
ISBN 978-7-5168-2845-8

Ⅰ . ①并… Ⅱ . ①韩… Ⅲ . ①长篇小说－中国－当代
Ⅳ . ① I247.5

中国版本图书馆 CIP 数据核字（2020）第 246207 号

并非所有的真，都会照顾到美

著　　者：韩金兔

出 版 人：蔡　旭　　　　　　　封面设计：仙　境
责任编辑：戴　晨　　　　　　　策划编辑：仪雪燕
版式设计：大禹文化

出版发行：台海出版社
地　　址：北京市东城区景山东街 20 号　邮政编码： 100009
电　　话： 010-64041652（发行，邮购）
传　　真： 010-84045799（总编室）
网　　址： www.taimeng.org.cn/thcbs/default.htm
E－m a i l： thcbs@126.com

经　　销：全国各地新华书店
印　　刷：天津旭非印刷有限公司
本书如有破损、缺页、装订错误，请与本社联系调换

开　　本：880 毫米 ×1230 毫米　　　1/32
字　　数：156 千字　　　　　　　印　　张：8
版　　次：2021 年 2 月第 1 版　　　印　　次：2021 年 5 月第 1 次印刷
书　　号：ISBN 978-7-5168-2845-8

定　　价：48.00 元

序

这是阿毕第一本小说。

我和她相识于《人设》的影视剧，那时她是我的制片人，而现在，我是他小说的推荐人，这么看来，她还是打破了时间给她的人设，写了第一本自己的小说。阿毕原来是学导演的，但是，一个不会写小说的导演，不是好制片人。

一开始她还藏着掖着不给我看，在我软磨硬泡下，我终于还是拿到了这个故事。

在小说的开头，阿毕说，生活总是让人无法捉摸，神秘，无情。仔细看着，这本小说文笔很细腻，像她人一样：时而敏感，时而脆弱。也正是因为她的脆弱和敏感，于是有了她的艺术般人生。

这本小说看似写的是别人，但我从字里行间，都看到她自己：对母亲的思念，对影视的热爱，对故事的执着。

我在一个夜晚如痴如醉读完，在第二天上飞机的时候写完这篇序。

小说的最后，阿毕说：时间没有尽头，只有路口。

忽然想起，我认识她也有四年了。

这四年，也算经历了很多路口，但好在，这些路口，都还没有看见尽头。

并非所有的真，都会照顾到美，也并非所有的时间，都是残忍的。一个人一直在路上，一直在改变，时间总会照顾到她。

是为序。

作家　飞驰学院创始人　李尚龙

1

生活总是有这样的魔力,将原本弱势胆小的人,变成无所畏惧的样子,以为会赢得鲜花和掌声,却收到了带有嘲讽的肯定。大家只看到了结果,不愿有太多的耐心了解蜕变的过程。

一生的故事太过冗长和无聊,我们时常提起的总是那些印象深刻的。

或美好,或荒诞,或悲伤,又或愤怒。

2

生活总是让人无法捉摸,充满神秘、无情。

就像编剧故意撰写的剧本一样,故事的主角总是那条逆流而上的三文鱼,筋疲力尽地和全世界抗争,我的生活也是如此这般。

生活总是会悄悄提示未来的好坏，只是，很多时候，人们后知后觉。

初中生活，就是日复一日地学习，除了身体长高，"大姨妈"初次光临之外，我的生活并没有任何波澜。

妈妈担心的早恋问题，实在是太多余了。我的头发依然和男生一样短，我的情商还是致命的慢半拍。课余时间，我只知道没心没肺地玩闹。

差点忘了一件大事。

初一的下半学年，父母在镇上刚建起的第一栋住宅楼内买了新房，新家离学校只有五分钟的步行距离，他们认为这可以保证我更好地学习，我想这应该是最早的学区房吧。

在满是平房的小镇，突兀地耸立着一栋六层楼。我至今不理解，这个世界上有那么多好看的颜色，为什么建筑者要把这栋楼房粉刷成翠绿色？那时，我最不喜欢的就是这个颜色。

这栋孤单的翠绿色住宅楼一共六个单元，我们的新家在东边数过来的第二个单元，六6楼602室。父母把所有的钱都用在了买房子上，我们不得不住在近乎毛坯房的家里两年，才攒够了钱装修，即便如此，依然影响不了那年搬进新家的喜悦，这是整个中学时代，我最开心的记忆。

然而，开心总是短暂的。

初中一年级结束的速度，比我想象得快。而这一年的秋天，似乎也来得格外早，任凭夏天从指缝溜走。

学期的最后一天，下午只有一节课，用来安排暑假作业。

班主任赵老师虽然和父母是同一年龄段的人，但可能因为经常和学生一起的原因，显得比父母年轻很多。在我眼里，赵老师是全校最温柔漂亮的女老师，她和我们从来没有年龄代沟，可以做到真正的"打成一片"。

大家迎接暑假的欢呼声被清脆的敲门声打断。

班级门口来了两个十八九岁样子的男生，一个留着黑色及肩中长发，另一个染着黄色短发，两个人都穿着黑色 T 恤。靠门口坐在第一排的我看见，长发男生露出的小臂上，隐隐约约有毫无美感的刺青，而黄发男生耳朵上不合时宜的耳钉在阳光的照耀下，刺痛我注视的双眼，我不由得皱了皱眉头。

"赵老师好，咱们班上有没有一个叫陈雪的女生啊？"黄发男生问道。

"你是李强啊？！"赵老师说。

"是我，赵老师，还以为毕业两年，您认不出我了呢。"黄发男生笑着回答。

"我的学生，我一个都不会忘。"赵老师满脸自信地回答。

"你找陈雪有事啊？"赵老师又问。

"是，老师，陈雪是我叔叔家的妹妹，我来看看她。"

"你叔叔家？你不是姓李吗，她姓陈，怎么能是你叔叔家的妹妹呢？"赵老师替我问了我很诧异的问题。

当一头雾水的我正在感激赵老师的警觉时，很快就被黄头发男生的下一句回答击毁。

"哦，她是我叔叔家的，但是小时候给抱走了，送别人家养大的。"黄发男生淡淡地叙述道，似乎这是全世界都知道的事，再平常不过。

我觉得自己像被雷电击中般，抽离到了另一个世界。我动不了，感觉全班同学的目光慢慢向我移动，目光变成一把把闪着寒光的剑，一起刺向我。

隐约间，我听到赵老师回答着"哦，她不在我们班，你们再去别的班看看吧"。

我的心底像海啸来临般汹涌，却还只是一动不动地坐在座位上。我不能移动目光，也不敢移动，不能眨眼，也不敢眨眼，我知道眼底的海啸即将席卷上岸。

"同学们都回家吧，没事了，放假了。"赵老师说完，没有原本的欢呼，大家出奇的默契，安静离场，安静得可怕。不知道过了多久，所有人离开了，只剩我还是笔直地坐在座位上，赵老师轻轻地坐到了我的身旁。

"陈雪……"赵老师的声音在我耳边响起。

此时我才如同从梦魇中惊醒，重新审视空荡荡的教室。

"你认识他们吗？"赵老师试探地问着。

这句话唤醒了内心崩溃的我："我要去找他们，我要去问问。"说完我抓起书包，就往门口冲，却被赵老师拉住。

"听话，别往心里去。"赵老师尽力安抚我。

　　赵老师说了很多很多劝慰的话，我却像什么都听不到一样。我才知道，原来人可以有那么多眼泪，多到我看不清眼前的一切。我不知道自己是何时、如何离开的学校，像是有人把复读机放在了我的脑子里一样，这段话在我耳边反反复复，萦绕了一个暑假——她是我叔叔家的，但是小时候给抱走了，送别人家养大的。

　　我不知道这两个人究竟是谁，从哪里来，怎么找到我，为什么要找我。从那之后，我也再没见过这两个打乱了我人生的人。他们的突如其来又杳然无踪，在我看来更像是被神祇派来传达命运的指示，我第一次感受到了真相的可怕。

　　我用近乎小跑的速度沿路一直走，把头埋得很深，不想与任何目光碰到，不知走了多久，也不知道该往哪里走，只是一直走。

　　天渐渐黑了，忽然一阵冷风吹来，将一直流泪的我吹清醒了。我发现自己走进了山里，四周寂静一片，漆黑一片，陪伴我的除了几声鸟鸣，还有零星的几座坟墓。

　　也许是风太冷，也许是夜太黑，恐惧汹涌而来，我拾起书包慌乱地跑下山。由于看不清路，我基本是连滚带爬地下了山。看到了山下街道的灯光的那一刻，恐惧瞬间消退，但随之而来的，又是此前巨大的悲伤和愤怒。

　　那时的我，用狂奔消解悲伤。

　　我一口气跑回家，跑上了六楼，未等我拿钥匙开门，门内听到声音的妈妈已将房门打开，满面愁容的妈妈，没有指责我一句。我们就这样僵硬地站在彼此对面，久久未动，都不知道该开口说哪一句。

妈妈先反应过来，默默把饭菜摆放到了餐桌上，我还呆立在门口。

"快吃饭吧。"妈妈对我说，紧接着又拨通了爸爸的电话。

"回来了，你赶紧回来吧。"妈妈用最简短的话跟爸爸说明情况。

"我不饿，我先睡了。"没有任何语言色彩的一句话表达了我的态度。

说完，我回到自己的卧室，关上房门，关上灯。

也许是哭累了，没有听到爸爸回来，竟很快昏沉睡去。

后来我才知道，当天赵老师打电话把学校的情况跟爸爸说了，爸爸挂了电话就骑着摩托车四处找我。我想，他也不知道该去哪里找，只是不能安静地等我自己回来，同学的家里几乎爸爸都去问过了，还是没有找到我。这时我才知道爸爸也是会流泪的。

我这一睡就睡了一个暑假，除了吃饭，去厕所，几乎没有离开过床。

我心中有百万疑问，却像自己做错事般羞于开口。甚至"耻辱"这样的词汇都不停地出现在脑海。又是恐惧，恐惧真相，但恐惧从未离开。

那天上午十点多，我靠坐在床头，被子毫无规则地缠绕在床上，阳光透过玻璃窗洒满房间，耀眼得让人睁不开眼睛，强光下，空气里的灰尘清晰可见，密密麻麻，令人作呕。

妈妈打破近日形成的不打扰我的习惯，推门进来。

"你还不起来吗？"妈妈尽量抑制着不满情绪问我。

"你以后就想一直这样了是吧？"见我没有回应，妈妈继续问道，"你不就是想知道怎么回事吗，行，我告诉你。"

"好，你说，我听着。"我失去了惯有的礼貌和温和。

妈妈从我书桌旁拿了一张纸巾，下了很大决心似的坐到了我的床尾。

"知道你为什么叫陈雪吗？因为抱你的那天，正好天下着小雪……"妈妈讲故事般娓娓道来。随着妈妈的故事，我眼中雾气升腾，散入寂静，1990 年的雪花悄然飘落。

3

1990 年冬，年轻的父母，穿着时下流行的黑色呢子大衣，在三两亲人的陪同下，顶着轻雪一路走向刚满八个月的我的"家"。

由于阴天，土坯房内点亮了昏黄的灯光，抬眼望去，白茫茫的雪景下，还在移动的景象，只是袅袅炊烟而已，推开房门，空气中还弥漫着淡淡的一氧化碳味儿。

　　热热的炕上，刚学会爬行的我在费力地行进着，炕上还坐着奶奶和姑姑等三四个人，旧式箱柜上蹲坐着一个年轻男人，一直没有讲话，观察着一切。后来我知道，这个年轻的男人便是生我的那个男人。

　　"显华，你看，这孩子多好啊，白白胖胖的，长得还这么好看，你抱抱。"中间人王奶奶满面慈祥地跟妈妈说。

　　妈妈向我拍拍手，张开双臂。"来。"妈妈笑着唤我。

　　谁都喊不走的我，竟然命运般地爬向妈妈的怀抱。

　　"哎呀，你看这就是缘分啊，这孩子跟你多亲啊。"王奶奶说。

　　妈妈幸福地应和着"是啊，可不吗"。

　　炉火哔哔剥剥，欢快地跳动着，印着妈妈笑容满面的脸。我很想知道，生我的那个男人当时在想什么，是什么表情。

　　我被门外爸爸的声音拉回现实。"我出去了啊。"随后是大门撞上的声音。这时我才发现，自己已泪流满面，我倔强地用被子一角将眼泪擦去，然而新的眼泪又随之涌出。我索性任凭它流淌。

　　妈妈没有回应爸爸，接着说："我们把你抱回来了，他们包裹你的棉被，还有你穿的小棉袄，我都给扔了，全换了新的，穿的用的总也不洗，脏得都铿亮……可不是白抱的你，是给了钱的。"

　　听到这里，我的心好像被什么突然扯了一下，突兀地打断了妈妈的叙述："多少钱？"

妈妈看着我沉默了，她眼神中带着一丝祈求，仿佛我在逼她说出一场卑鄙的恶行。我毫不退缩，用坚定的眼神回应。

"500。"妈妈轻轻说，声音充满疲倦。"开始是说300，看咱们家看上你了，又涨了200，变成了500，我一生气就走了。后来他们又托你王奶奶来说和，说是凭赏，再接你的时候，我还是给了500。其实不止，后来那个老太太的两个姑娘，就是你亲姑姑，要去外地，又找咱家来拿的路费，如果你不信可以去问王奶奶，我一直拿你当自己的女儿一样……"

我的心被扯得更疼了，却不自觉地闪出一丝微笑来。

妈妈显然没有注意到我的细微变化，

她没有意识到，这样的"明码标价""讨价还价"让我自卑至极！羞耻至极！愤怒至极！原来，我的价值只有500块。

"你亲爸没等你出生就跟别人过了，你刚满月你亲妈就走了，后来跟你亲爸一起过的那个女的来了，总说想把你掐死。没人管你，你奶奶给你吃的是面糊糊兑糖精，那么小，吃这些身体能好吗？你刚抱回来的时候，大肚子鼓着，脸通红，他们都没告诉我你有哮喘病，怕说你有病，就没人要了，后来没过多久你亲爸也进监狱了，好像是因为抢劫什么的。"

"再后来的事你自己也知道了，从小你就咳嗽，上不来气儿，屋里喘气，大门外就听得到，咱们家的钱都给你治病了，那时候都怕养不活你……本来这些事也没想瞒着你，怕耽误你学习，想等你长大了，成家立业再告诉你的……"

妈妈不停歇地说着这戏剧化的一切，这也是我第一次看到妈妈在我面前落泪。

如果，人生是一只漂泊在无边大海上的小船，这一天，我的小船彻底翻了。

我收起了好像只会微笑的脸，取而代之的是——面无表情的脸上镶嵌着一双带有攻击性的眼睛，似乎一个眼神看过去，可以毁了目光所及的一切。

那一天起，我开始怀疑一切，如果父母和我的关系都可以是虚假的，那还有什么能是真的？

是我生来就惹人讨厌，才会被抛弃吗？生我的人长什么样子？他们有没有想起过我？我们长得像吗？是否我们也曾擦肩而过？这些问题从来没有离开过我，我和问题相互折磨，谁也不放过谁。

那段无光的日子，我用冷暴力表达了所有的不满。家里通往学校的路，我低头用最快的速度通过，对所有人尽量避免说话，甚至假装听不到看不到，独来独往。

每天无声地吃饭，无声地去上学，又无声地回到家。"吃饱了吗？"如果不是父母刻意问我些诸如此类无关紧要的问题，我就像不存在一样。无人诉说的我，只有在日记里倾诉。

"日记，我的朋友，我的眼泪沾湿了你，谢谢你的倾听。"我在日记的首页这样写道。我要用文字记录下所有的不堪，我怕有一天我忘了。

仇恨，是不可以忘记的。

我的成绩一落千丈，只有作文依然是全年级的范文，可能这要归功于我记日记的习惯。

同学们只要窃窃私语，我就觉得是在说我，只要有人笑，我都觉得是在笑我。

甚至会因为这些也许与我无关的笑声，和同学大打出手，我的暴力因子由此被激发，我用拳头、膝盖、牙齿拼命回击，如同濒死的野兽一般。面对我的疯狂，同学们也与我越来越疏离。

很多时候，听着老师的课，却会听到那个黄发男生的声音，莫名流泪。

情绪失控时，我会突然跑出正在上课的教室，跑很久很远，任谁也拦不住，追不上。

那时的我觉得全世界都与我为敌，我像动物受了应激反应一样，握起拳头一次次奋力还击，直至遍体鳞伤、筋疲力尽。

"陈雪，我教了这么多年的学生，从没有一个像你这样的孩子，你怎么这么不听劝呢？老师知道这些事对你影响很大，但是你还是不能耽误学习，本来那么好的成绩，你看看你现在的成绩都什么样子了，再这样下去，你还能考上高中吗，未来怎么办？"班主任赵老师把我带到办公室这样的沟通不止一次，却依然无法改变我。

是啊，我还有未来吗？这样带着不堪的未来，对我而言，毫无意义。

我迫不及待地想逃离熟悉的一切，却又无法离开。我怪父母所谓的善意的谎言，又被道德和日积月累的亲情撕扯着。

"小时候，别人都说你是一匹野马，养好了是匹好马，不好的话……我就当花钱养了只小狗。"妈妈曾用故作轻松的语言，调侃着同样让她受伤的事件。

妈妈说，她也担心过，我是不是会被那些"不负责任""抢劫""不良生活作风"的基因影响，不能成为一个正直的好人。可是我爬向她的那一刻，她还是愿意赌一次，所以，从记事起，妈妈就对我要求严格。

妈妈的这些话，一直在我心底最敏感的部位，隐隐作痛，无法忽视。

那些度日如年的日子里，逃课、打架、发脾气都是我的常态，学校和家里都拿我没办法，放纵着我的任性，后来我知道是爸爸让老师给我的自由。

我也经常故意看电视到后半夜也不睡，把妈妈悄悄气哭，因为我没看到她流泪的眼睛，只听到似乎带着笑意的奇怪的哭声，爸爸只是无奈和叹气。

4

终于，我从"别人家的孩子"变成了别人口中的"这孩子怎么这样了"。

我成了一块坚硬且丑陋的石头，与全世界隔绝开来，好像这样可以让自己更安全一样。唯一的柔软，是在放学路上捡到了刚出生没有羽毛的雏鸟，我尽力温暖冰凉的可怜的雏鸟，在它还有气息时，给它一点煮熟的蛋黄，可还是没有救活它，这让我很沮丧。

除了语文近乎满分，我的其他试卷都是一片空白，理所当然地，我没有收到任何高中的录取通知书，尽管我早已不屑于这些"身外物"，可是我还是伤了对我充满期望的父母的心，让他们引以为傲的我，也让他们在亲戚朋友面前丢尽颜面。

妈妈姊妹四人，妈妈排行最小，妈妈是姥姥四十多岁生下来的，所以，妈妈只比二姨家大姐常玉琴大一岁而已，大姐的儿子比我大五岁，却要叫我小姨。辈分的原因，让我从小习惯和与自己年纪差很多的人称呼为哥哥姐姐，这也是未来在工作中的我很快树立"圆滑"形象的因素之一。

那天，住在市区的大姐像往常一样打电话和妈妈聊天，妈妈忽然让我接听电话。

"陈雪，以后怎么考虑的，你也不小了，什么都明白，对吧。大家都知道你有情绪，你从小就懂事听话，现在成绩不好也不完全怪你，我们都理解，没人指责你，但这是我们最后一次帮你。你要是再不听话，以后有任何问题，你们都别来找我们，我们也不会再帮你。"在我再次拒绝接受二姨家大姐安排的服装设计专业学习后，大姐带有"恐吓"性质地对我进行了严厉的说教。

在这个闭塞的小镇上，所有人都觉得女生最好的归宿，就是好好学习，大学毕业去市区找个好工作，再嫁个好人，我显然是不识好歹的孩子。

"好，永远不用帮我，我自己的事我自己负责。"我轻松甩下这句话，挂掉电话。挂掉电话的那一刻，我听不到妈妈的问话，像是从牢狱释放的犯人一样自在，再也不用背负所谓的期待，最好所有人都对我失望，最好所有人都将我遗忘。

一个燥热的午后，我迎着太阳跑到父母经营的小面馆。小镇人流比较固定，因为不是饭点，屋内并没有客人。

"爸，我想改名字。"我没头没尾地跟爸爸说着。

"怎么想起一出是一出，改什么名字呢？"妈妈不解地边整理卫生边唠叨着。

"好，为什么要改呢？"爸爸从来对我有求必应，却也忍不住问我原因。

"因为我不想让别人找到我了。"我冰冷地答道。

父亲看了我一眼，什么也没有说。悄无声息地帮我办好了改名的烦琐手序。

爸爸将一个崭新的户口本递到我手上。"改好了，你看看吧。"爸爸面带微笑又有些得意地说道。

伴随着塑料和墨水的香味，我看到了"曾用名陈雪，姓名：陈卓"的字样，这是我近两年来唯一开心的事，仿佛重生了一般。过去的那个人，再也不在了，我叫陈卓，我要做个沉着冷静的人，强大的人。那些不美好的一切都与我无关，那是别人的故事，别人讲给我听的——别人的故事，这些自我催眠是十分有效的。

我不觉得这是逃避，我知道逃不掉，只是我想明白了，每个人都有很多个自己。面对不同的人，会有不同的自己，就看你要让哪个自己出现。

有些成长是漫长的过程，春华秋实，悄然蜕变。而有些长大则突然而至。我一遍一遍念着我的新名字："陈卓，陈卓，陈卓……"仿佛获得了指引一般，我开始渴望走出去。

我在日记上写道："我一定要让那个认为我只值 500 块的男人，后悔他当初对我的轻视。"

在拒绝了大姐建议的服装设计专业的学习后，十五岁的我，自作主张要离开小镇，去寻找工作。并不是不想继续学习，只是不想再用父母的钱，不想更多亏欠。而这个年纪的我自然是没有头绪的，父母也是放心不下的。

为了顺利离开家里，我答应父母住在市区的大姐家，虽然我一百个不愿意。因为我还记得自己如何信誓旦旦地在电话里拒绝大姐的建议，但为了离开这个充满窥视和嘲笑的小镇，我宁愿做出妥协。

大姐家位于市区西南角一个全新的开发区，虽谈不上是高档住宅，却也干净舒适。我第一次注意到那么多统一的刻意造型的青松，不像小镇山上到处是舒展个性的松树。童年来市区走亲戚游玩时，并没有注意过这些不会说话的树木。

由于是夏天，新刷的楼房外墙的油漆味道更加刺鼻，未等踏进小区门口就可以闻到浓烈的油漆味道，然而并不让人讨厌，可能是"新生"带给自己的好心情的关系。

大姐家的住宅紧挨小区门口，进入小区后，右手边的第一栋6层楼房，第一个单元门就是，很好找。那时的普通住宅楼房是没有电梯的，簇新的橙色楼房，走进去却是略显年代感的水泥楼梯，扶手处经常触摸的地方被磨得光亮。

"拿得动吗？用不用我帮你？"大姐一边翻着自己包内的房门钥匙，一边轻描淡写地问我。

"不用，我拿得动。"我迅速地答道，生怕被大姐发现我的吃力。不知从何时起，我养成了不愿意麻烦别人的性格，行李包并不大，大姐也就没有在意。她不知道，这里面我更多是装了一些比衣服重的CD和小说之类的东西。还好，大姐家住在三楼，并不很高。

大姐家的孩子在外地上大学，家里只有大姐和姐夫，她安排我住在次卧。平日他们去上班，家里就只剩我一个人，大姐和姐夫都是服装学院的老师，平时都在学校食堂吃饭，所以家里是不煮饭的，但是大姐说如果我饿了可以自己随便做吃的。

我隔三岔五地给自己做仅会的西红柿炒鸡蛋，炒鸡蛋，蛋炒饭，以至于很长一段时间里，我都觉得鸡蛋面目可憎。大姐并没有过问过我的事，只对我妈妈说会负责我的安全。

我翻看着家里的报纸，寻找招聘信息，所有的招聘信息我都不符合要求。不是年龄不允许，就是学历不允许，就这样一个礼拜过去了。

大姐看我圈圈涂涂的报纸，那天上班出门前，忽然忍不住对我说："我有个朋友的朋友新开了个卖橱柜的店。他们可以接受假期打工的学生，你如果想去，这个是地址，你自己去试试。"说完，丢下一张写着地址的纸条便出门了。

"朝阳区花枝路 36 号太阳商城 2 层 0212 号。"我自言自语地念着字条上的地址。我将之前买好的城市地图装进陪伴自己三年之久的淡蓝色的帆布书包内，准备出发。

按地图指示，再加上询问路人，我准确地找到了字条上的太阳商城。

太阳商城就像一个半圆形的透明玻璃罩扣在了地球表面。商城的周身都是透明的玻璃，从外部就可以清楚地看到内部的钢铁结构，以及人来人往。

我略带紧张和兴奋地进入"玻璃罩"内，一层似乎全部是瓷砖、卫浴之类的，以及纵横交错、深不见底的通道，搭乘超长的扶梯来到了高于寻常高度的二楼。经过一番打听，我终于来到了 0212 号，门楣上写着"科菲·博洛尼"的字样。

"您好，请问这里招人吗？"我怯生生地问着门口穿着职业修身西装的咖啡色齐肩中长发女生。她二十七八岁的样子，胸前别着一枚"销售总监"字样的徽章。

"嗯，是，你来应聘吗？"她略带迟疑地问我，显然对我满脸的稚气产生了质疑。

"是，是我，这不是可以招聘假期打工的吗？"我进一步说明来意并询问。

"哦，没听经理说呢，你先登记吧，经理现在不在，等他回来我问问，再打电话通知你吧。"她丢给了我一个登记簿，上面已经写下了十几个电话号码和姓名了。我不知道工作岗位有几个，但已经意识到社会竞争的激烈。

我认认真真写下"陈卓"两个字，轻声道谢后，不情愿地离开，好像离开后就失去了这份还未拥有过的工作一样。临走前，我被门口摆放的设计感十足的白色橱柜深深吸引，原来橱柜还可以这么好看。

之后的两天我都守在座机旁，却没有任何关于我的电话，就在我以为没有希望，想要继续寻找其他机会时，电话来了。我被通知第二天早上9点面试。挂了电话，我就开始准备第二天的面试，虽然也不知道该准备什么，穿来穿去差不多的那两件休闲服。我反复搭配着，又煞有介事地模仿电视剧内的应聘桥段，准备迎接明天的面试。

5

市区清晨的公交车，是我从未想象过的拥挤，好不容易挤上了车，又差点在该下车的地点下不来车。

终于挤下车，掉落的房门钥匙声，提醒我背包漏了，破旧的淡蓝色布面上有一道崭新的刀痕，原来书包被人割了个口子。

还好，我是个只有身份证和公交卡的穷人。我想，小偷也会暗暗骂我耽误工夫吧，只是可惜了我最爱的书包。

早到的几个应聘者已经开始相互熟络，很快后来的几个人也加入了闲谈，只有我没人理睬。

上次遇到的齐肩中长发的女生抱着一沓资料向我们走来，后来大家都叫她张姐。

"这些资料是咱们橱柜的资料，我们橱柜不同于其他国产橱柜，不仅板材是符合欧洲环保标准的，而且也是欧洲著名设计师进行的产品设计。每一个橱柜都有自己的名字和属于自己的独一无二的设计灵感故事，还有其他橱柜没有的细节设计，比如柜子的每个直角，我们都设有专门的转角塞。"

说着，张姐拿出一个近乎透明的淡白色转角塞给我们展示，它的背面可以准确地卡进死角，而面向人们的那一面弧度平滑，轻松解决了柜子死角的问题。"诸如此类的细节设计还有很多，这些资料里都有，关于柜子的名称，设计师名称，设计灵感，板材品质都是需要你们准确背下来的，在销售橱柜时，可以给顾客一一介绍清楚，要让顾客觉得物有所值。我们会进行一个星期的产品介绍培训，以及销售礼仪培训，一个星期后，择优录取三名销售顾问。"

如此优雅干练的一连串表达，使进入职业状态的张姐，显得很有职场女性魅力，与第一天见面的印象判若两人。说完这些，她将最后一份资料交到我的手上，告诉我老板支持学生假期打工，只是我的基本工资会比其他正常员工少300块，销售提成是一样的。我并不在意减少的 300 块，只要有机会，就是最好的事，我抱起资料飞奔回家。

接下来的一个星期，我白天去培训处认真学习，夜晚用心背诵资料，像大家备战中考一样繁忙努力。

来到这个没人知道我身世的环境，让我自在多了，即便心底仍然自卑于自己的被抛弃，表面我已经可以表现出更多的自信了。

考核那天，大腹便便，戴着黑框眼镜的老板也出现了。虽然他看着不太友好，略显猥琐，我仍意外地被这个如此形象的经理表扬了，可能是我天生有擅长背书的记忆力。我可以一字不差地背出所有资料，就像那些文字摆在我眼前一样，只要读出来就可以。我用着培训要求的标准普通话讲解，近乎演讲似的产品介绍，应该归功于从小学开始的朗诵主持经历，习惯在众人面前表演的我，毫不怯场。我顺利被录取，并且是以最优的成绩。

然而，优秀的成绩并没有动摇老板的决定，我依然只能拿比正常员工少 300 块的工资。"即便过了试用期也是如此。"老板特意强调。

第一次穿上销售正装的我，看着镜子里稚嫩的自己，不觉产生了自豪感。销售穿的西装都是批量定做，钱则要从工资里面扣除。普通面料，普通剪裁，需要 150 块，用去了我一半的基本工资。我顾不上心疼钱，沉浸在即将独立的兴奋里。

我逐渐适应了早晚高峰拥挤的公交车；适应了介绍再多也不会购买的顾客；适应了电话回访时被顾客奚落并生硬地挂掉电话；适应了大家对我的一视同仁……社会不会因为你年纪小就特殊照顾你。我喜欢这样的真实，即便略显无情，但是没有欺骗，没人会顾及你的情绪给你哪怕是善意的谎言。

工作的环境内，我没有朋友。或者说，知道身世后的我，不会交朋友，害怕交朋友。除了工作我从不跟别人走近，好像别人可以看穿我的故事，那我的逃离就毫无意义了。所以，下班后，我除了看看无聊的电视剧，就是看买来的各种关于销售和心理学的书籍，用来帮助自己提升工作能力。

努力就会有收获，我一直坚信这句话，事实也是这样的，由于还有顾客未支付完全款，不能算入第一个月业绩内，但我依然成为第一个月的销售冠军，拿到手的工资竟然有 2833 元。

妈妈是最开心的，她从没想过那时的我可以赚这么多钱，老家的小面馆，一个月也赚不到这么多钱。我喜气洋洋地给父母买了礼物，又给自己买了一部 600 元的国产手机，以便联络。这对于当时的我绝对是一笔巨款。

忙碌起来，时间就过得异常飞快，三个月转瞬而逝。

我之所以能成为每个月的销售冠军，除了培训所谓的销售技巧，我比其他人在销售时有更多耐心和礼貌。即便走进来的顾客再不像有购买力的顾客，我依然耐心礼貌地招呼着，并面带微笑目送顾客离开。

有顾客因为我的耐心介绍，打破了原有的 8000 块预算，而购买了 28000 块的"枫蓝"系列橱柜。这是当时大家都不愿意接待的顾客，因为他们其貌不扬，穿得还不如刚从公交车上挤下来的我们。

他在反反复复进行对比之后，选择了我推荐的橱柜。

"你是老板吧？这么好的员工，你得给涨工资啊。要不是这个姑娘，我可下不了决心买这么贵的橱柜。"

这个顾客"打抱不平"般地对老板表扬我。

"哦，是吗？那都是她应该做的啊。"老板面带笑意地对顾客答道。

我发誓，这笑，是我见过最难看的笑。本来我并不觉得该给自己涨工资，可老板的这个看似合理的回答戳中了我想要战斗的开关。从那天起，我视老板为空气，也欣然接受了来挖我去另一家橱柜销售店面的邀请，并不是因为对方夸赞我销售业绩和销售礼仪是最好的，只是单纯因为讨厌老板的自以为是。

这家橱柜店面在另一个商城，这个商城是旧式的商城楼房，周围更多是批发市场。进入商城内部后，我发现所销售的品牌也都是未曾见过的小品牌。商城的管理很混乱，毫无章序，就像我不知不觉长长的短发。

短发留长的初级阶段是最难打理也最难看的，为了尽快留长从小期盼的长发，我任它杂草般生长。在此期间，我终日戴着一顶黑色圆顶小礼帽。

我戴着"不可分割"的黑色圆顶小礼帽，身着上一家销售店面定做的黑色西装大踏步走进这个商城最大的橱柜门面——B206"香港茂森橱柜"。

挖我来这家销售店面的人，带我走进老板的办公室，简单介绍便匆匆离开。这家橱柜的老板是个四十出头的女老板，她穿黑色绒面西装，漂亮的唇形上印着浓烈的红。她的紫红色发髻高高盘起，脸上尽是魅力和攻击性。这是我第一次被职场女性震慑到。

"本来只预备和你聊十分钟也就差不多了，不知不觉都一个多小时了。"女老板看了看手表说道。

"哦，是啊，时间好快，不好意思占用您这么多时间。"我略显尴尬地笑着说。

"本来呢，我是想让你过来做销售代表的，经过这一个小时的交流，我发现你很优秀。我很喜欢，我想……就让你做店面经理吧，负责管理培训所有销售顾问和橱柜设计人员。"女老板说。

"我做店面经理吗？可是，我可能工作不了那么久，我还是要上学的。"我十分怕辜负了别人的好意，赶紧解释。

"没事，我知道你要上学的，我也很欣赏你这种半工半读的行为，也认可你的能力，就像你刚才跟我说的那些，你把你之前学的礼仪和销售技巧都给外面的人培训了。你刚才建议调整店面的问题，就由你来负责整改。但是你这个情况是不好录入公司档案签合同的，我会让财务单独给你核算。如果你没异议的话，明天就来上班。而且，没有试用期。"

女老板边说边起身拿包，一副即将出门的样子。

"嗯嗯，我理解的，我没异议，明天可以上班，谢谢您给我机会，我会努力的。"我抑制不住地开心，这样被肯定被欣赏的感觉，已经很久没有过了。

女老板带我走出办公室，带到设计部和销售部的人面前，隆重介绍了应该是年纪最小的店面经理，尽管我尽量装得成熟，也难掩稚气。就这样，我踏上了第二条职场路。

6

工作并没有我想象的顺利。

虽然名字是"香港茂森橱柜"，但产品却是实实在在的本地货。除了模仿，并没有任何设计理念，即便这是这个商城最大、位置最好的店面。但是，来的顾客并不是追求品质的。

后来我才明白，这个商城的定位是大众，周围更多是做批发的商户，我以往的销售经验都失灵了。我给顾客介绍品质，介绍设计感，顾客却只在乎能不能每延米再便宜一些，还会告诉我某某家跟我这个差不多，比这还便宜。

我用在这里的礼仪和耐心，几乎是"秀才遇上兵"，没有得到任何理解。我的销售方法不奏效，又因为年纪小，本就对我充满质疑和不服的工作人员，逐渐开始对我冷嘲热讽，内心刚建立的自信和骄傲，眼看轻易就要被摧垮。

我在郁闷和寻求突破困境的方法中度过每一天。在月末的最后一天，我忽然接到老板助理小王的电话。

"喂，陈卓，有个事情老板让我和你说一下。就是，明天你不用过来上班了。这个月的业绩你也知道，所以老板有了其他安排。"小王不带任何感情色彩地通知我。

"哦，好，我知道了。"我像被人猛地打蒙了一般，只会机械地应答。

"另外，你不是第一个月吗，这个是试用期的，而且你是被破格录用的。老板说，是比正常店面经理的试用期工资少的，所以是1000块。你一会把你账户信息发给我，明天财务上班就会把工资汇到你账户上，其实这样安排也挺好，正好你是要上学的嘛，时间也差不多合适。"小王敷衍地说着。

"嗯，正好我也快到该上学的时间了。"我故作镇定地回答。

"那就这样，我挂了啊。"小王说着挂了电话。

电话挂断后，我坐在床边不知所措。想哭，却不想让眼泪流出，可我还是没学会如何控制眼泪。我并不怪老板的无情，也不怪她不认账，只怪自己不够聪明、不够强大，如果我懂得如何签合约，如果我可以把业绩做好，可能都不会是这样的结果。我抹了眼泪，将银行卡号给助理小王发了过去。

我没想过失业会来得这么快，原来被动失业的感觉是这样的，就等同于被嫌弃。虽然我是悄悄计划上学的，可生活并不是按我计划的时间前行的，上一秒还在为自己天才般的销售能力而骄傲，下一秒我就重重跌落谷底。过山车似的起落，让我羞怯——羞怯于自己的愚蠢和眼界，这次经历让我知道，生活并不是我以为的那样简单，人心更是复杂。

最难过的不是事与愿违，而是付出的真诚没有被善待。

这一刻，我觉得自己像是个满脸被涂满油彩的小丑。

我在日记本上写道："永远不要同情自己，同情自己是卑劣懦夫干的勾当。"这是之前在村上春树的《挪威的森林》上看到的，这一刻，我觉得这句话无比适合自己。

第二天，我带着行李去了可以回家的车站。"姐，我回家了，不工作了。"我把简单的留言字条放在桌上，我和姐姐鲜少交流，这样的方式更适合我们。

回到家后，我并没有向父母如实说明情况。我也选择了用善意的谎言来维护自己的面子。

那天下午，阳光很温暖，我和妈妈趴在客厅的窗台上看着窗外的行人聊天。

"我就是不想工作了，就回来了。"我是这样撒谎的。

经过四个月左右的分离，我和妈妈更多了些亲昵。这种亲昵，也只是我家特有的体现在行为上的亲昵，我们都不会对彼此诉说想念。即便工作在外时，我们也是很少联系，妈妈更愿意从大姐口中打探我的近况。我偶尔路过大姐卧室门口，曾经听到过类似的电话。

"我去给你买你爱吃的那个卤鸡腿。"妈妈听到楼下卖鸡腿的声音，说着就出门了。

我很意外，妈妈鲜少表露的温柔，原来我喜欢的她都记得，那次吃的鸡腿，是记忆中最好吃的鸡腿。

"你也吃啊。"我递给妈妈鸡腿说道。从那次事件之后，我尽量避免爸爸妈妈之类的称呼，而是选择直奔主题。

"我不爱吃，你吃吧。"妈妈从来都是用这样的理由拒绝，留给我和爸爸。

在外工作的这几个月，似乎让我超速成长了。我更能平静地和父母说话，更愿意理解别人的立场。我甚至觉得自己是个和父母一样的成年人，可以对等交流。

吃完饭，我主动下楼帮妈妈扔垃圾，刚好在大门口遇见了对门的邻居杨阿姨。

杨阿姨手里提着刚买回的蔬菜，准备回家做饭。

"呦，陈雪啥时候回来的啊？你妈都想死你了。"杨阿姨吃惊地问。这里的人都不知道我改了名字。

"嗯，刚回来，您是刚下班啊？"我明知故问。

"可不呗，准备回家做饭呢，这么长时间不见，又长漂亮啦。头发也长长了，还是长头发好。这回别剪了，留起来。"杨阿姨热情地说着。

我回以一个微笑。

"你都不知道你妈多想你。有一天，你妈来我家聊天，聊到你在外面工作，你妈都流眼泪了。我问她怎么想孩子想哭了啊，你妈说没有，风吹的。我就笑了，屋里也没开窗户，哪来的风。"杨阿姨不停地说着。

我只听到这里，就觉得鼻子很酸。后面的话我都听不清了，只是随意应和着，走到楼道尽头各自回家。

妈妈曾经说就当养只小狗了，就赌一下。这样的字眼儿，让我以为她是不在意我的，就像养一只宠物，而杨阿姨的话才让我明白，妈妈是在乎我的，只是她不想让别人看到她的脆弱，所以假装不在乎，故意轻描淡写。她像我一样爱面子。不，是我像她一样，不知不觉。

自从知道身世之后，我就一直认为，人与人之间都是利用与被利用的关系，给我生命的人利用我赚了不值一提的钱，养我长大的父母利用我增添他们的生活色彩，把我看作他们的宠物。这世上，从来就没有无偿的爱和付出。我就是带着这种愤恨的情绪，肤浅地深信着自己的人生哲学。

我不明白，给自己生命的人，不应该是最亲近的人吗？如果这样关系的人都可以轻易放弃我，那把我当成宠物般的父母怎么会无偿地对我去爱和付出呢？这不合理，不知道为什么，我不愿意相信人与人之间会有真正的情感了。我怕自己一厢情愿地相信，却换回难以承受的伤。

直到听了杨阿姨的叙述，才让我真正感受到了"失而复得"的爱。

那么熟悉，那么温暖，其实爱从未离去，只是我执意回避、刻意扭曲。

回家的时候，妈妈正在厨房择菜。我站在厨房门口，看着她，她觉察到了我的目光，抬头，目光与我相遇。我感觉到，她知道我下一秒要说什么。

我装作平静，试图挤出一个笑容。

"妈，我回来了……"

那晚，临睡前，我望着窗外明亮清冷的月光，冷静且仔细地回忆了过去。父母给我的爱是如此真实，父母总是尽可能给我他们能给予的最好的一切，周围的人是如何羡慕我的过往……

我怎么可以把妈妈的假装不在乎当真，我怎么可以把对伤害我的人的愤恨记在父母的身上，我怎么可以这样伤害爱我的人？

我翻开日记本，郑重写道："从今以后，我再也不会怀疑父母对我的爱，再也不会给父母丢脸。我要让他们过上大家都羡慕的生活，我要成为一个真正强大的人，保护我想保护的人。我要用我的一生去报答并证明。"

我和父母就这样缓和了关系，变得不再尴尬陌生。

7

父母很开心我的突然转变，一切就像回到了什么都没发生时的美好氛围，尽管我拒绝了父母让我重新复读再参加中考的建议。

父母像是怕一不小心就会触碰到我敏感的神经一样，只要我拒绝的，或者我决定的，他们都不会过多干涉，连习惯对我"指手画脚"的妈妈也是这样。我不知道是不是父母背后悄悄商量的结果。

起初，我不太习惯妈妈一反常态地放纵我的一切，但却是很享受。与此同时，我也开始"计划"我的强大之路。

不知不觉，已是仲夏。这期间家里进行了最简单的装修，看起来整洁多了。我在家闭门不出，看了几个月的书，各种类型，有国内外的小说、教人如何提升情商的畅销书、心理学、诗词等，成天表现出毫无斗志无所事事的样子。我能看出父母的担心，却听不到他们的质疑。

这一天中午，太阳很大，没有往日北方夏季应有的清爽，闷热得像个蒸汽罐子。面馆没什么生意，提前关门下班。爸爸拎回来一个超大的西瓜。

"闺女，快接点冰水，把西瓜冰上。"爸爸兴奋地吩咐着。

那时候我们都习惯用冰水冰西瓜，而不是切开放进冰箱。

我很快接好一大桶冰水，爸爸将西瓜整个沉进水里。

"今天可真热，店里开着风扇都不管用。"爸爸边擦汗边说。

往年的夏天，通常是连风扇都不用开。前后开窗，风就穿堂而过，带来一阵干燥的清爽，有时还会闻到青草香。

"这天哪还有人出来吃饭，关门歇着就对了。今儿，咱们也给自己放放假，中午咱们就吃点凉拌面吧。"妈妈说完就走进了厨房。

趁着妈妈做饭的时机，我赶紧拿出早就准备好的一个私立艺术高中的介绍资料，递给爸爸。

"爸，我想去这上学，你看看呗。"我试探着说。

爸爸接过资料仔细看着，问我去这里学什么？哪来的资料？

"学表演，我在电视上看到广告，给学校打电话，学校寄来的资料。"我一一作答。

"学表演？以后是做什么啊？这得考试吧？"爸爸不解地问着。

"嗯，就是做演员，拍戏。考试你不用管了，我都准备好了。正好再过一个月就开学，我跟老师联系好了。"

爸爸翻看着资料沉默了一会儿，没说话。

"学费您先帮我交着，我假期都会自己打工赚学费的，赚了就还您。"我赶紧说出我的计划，生怕被爸爸拒绝。

这时候，妈妈从厨房走了出来，听到了我最后的这句话。

"打工赚什么学费？是要去你大姐他们那个服装学校吗？"

"不是，我自己找了个学校，学表演，说了您也不懂。你们帮我先交学费就行，我也会想办法自己赚钱的。"我态度恶劣。

"先吃饭吧，这个事我跟你妈商量商量再说。"爸爸制止了我和妈妈即将爆发的冲突。我和妈妈也不再多说，谁都不想破坏难得修复的平静生活。

那时是刚开启明星概念的年代，看着铺天盖地的娱乐新闻。我不知道哪根筋错了，觉得只有做演员，才有机会让曾经放弃我的那些人看到我，并不是为了和他们认亲，而是要让他们发现，并且后悔。

自从那个夏天，两个扰乱我人生的男生出现开始，我就没有停止过复仇的念头。如果我是个平庸的甚至生活条件很差的人，那他们一定觉得放弃我是太对的决定，而养我的父母也会被人指指点点，抬不起头。无论是报仇还是报恩，我都要成为有名且有钱的人。

那时的我，幼稚地将有名有钱理解为强大的含义。

可是，在这样传统闭塞的小镇，甚至在父母家族最高学历及眼界的亲戚内，是没有人懂得这些的，而我，也是偶然看电视得到了学校的招生信息。

如果这就是命运的安排，我确实，因此而开启了另一个世界的大门。

"自己决定的事，就要认真做好，你联系学校考试吧。"在我提出上学的第二天晚饭时，爸爸郑重地对我说。

我将意外又预料之中的复杂情绪，写满不自觉微笑的脸上。

"谢谢爸，我一定不让你失望。"

在和爸爸保证之后，我又问爸爸，怎么会这么痛快就同意了我的想法。

爸爸说："不想让你以后后悔。"

妈妈适时调侃我说："不让你去，你以后不得怨我们吗？"

我们在暖红色的余晖中愉快地吃着晚饭。我已记不清妈妈炒的什么菜，但我清楚地记得那天的落日，就像初升的太阳般充满希望。

虽然我因为之前的工作问题，耽误了近一年的时间，可从小提早上学的我，现在和应届生一样大。我顺利通过考试。

入学后，看到班级内水准参差不齐的同学，我才明白，私立高中的考试基本是走个形式。学校为了赚更多的钱，基本都会给通过。这让我觉得自己考前的认真准备有些可笑。

在我有过工作经验后，父母对我的独立生活能力信任至极。所以，新生报到那天，我独自带着4500块的第一学期学费入校，与被父母簇拥的其他同学形成了鲜明对比，连老师都讶异我居然是一个人来报名的。

学校实行军事化管理，非假期是不可以离校的，我们都是像文艺兵一样穿着军装上课。同一届的不同专业的学生，文化课都是在一起的，专业课才分开。所以，我有各种艺术专业的同班同学。

不管怎样，我重新回到了校园。

我从简单的因为想复仇而学习表演专业，不知不觉转变成真正的热爱表演。我喜欢扮演成别人的感觉，就像我曾自我催眠发生在自己身上的事是别人的一样。我也喜欢老师让我们自己创作故事，就像我可以随意掌控别人的命运一样；我喜欢喜剧，就像我从不曾悲伤一样。

我沉浸在自己的世界，学习、打工、很少回家。而父母经营着面馆的生意，也没有时间来学校看我。直到毕业那年，父母都不知道学校的大门是在哪个方向。当然，这些都不是我在意的事，我很感谢父母对我的付出。我深知，每年近万元的学费加上生活费，对于我们的家庭来说是个不小的数字。我曾信誓旦旦的打工赚学费一说基本上属于天方夜谭，尽管我每个假期都在打工，却仍然杯水车薪。父母和我都在为了我选择的未来，拼尽全力，疲惫不堪。

估计是我有过工作经验的缘故，看到班级同年龄段的同学，我觉得他们幼稚无比。除了必要的学业接触，我很少和同学们深入了解。他们也和我有着莫名的距离。我的双休日都是用来去超市做促销工作，薯片、洗衣粉、牙膏等各种促销活动，我都没落下过。同学们的课余活动我从来没空参加。这些，其实都不是我没什么真正朋友的原因，我的内心深处还是觉得我和其他人不一样。在我眼中，同学们更像是我的弟弟妹妹，然而唯独音乐专业的肖睿不同。

高二的下半学期，某个午休时间，肖睿忽然带进班级一个高个子的漂亮女生。

"给大家介绍一下，这是我女朋友李文婷。"肖睿带着几分掩盖不住的骄傲。

这是足以让全校女生震惊的消息。那时，学音乐的肖睿，除了在酒吧驻唱，还时不时参加各种电视节目、商业演出，穿着总是很前卫，在高挺的鼻梁衬托下，他的眼神更犀利迷人，总能听到其他班级女生对他的阵阵尖叫，他书桌里的情书和送来的零食几乎没有间断过。这氛围营造得让老师都快要相信他是个明星了。

"大家好，你们叫我婷婷就行，我是隔壁服装学院模特专业的。"

紧接着，这个叫婷婷的姑娘将两大袋零食放在老师的讲台桌上。

"这是我给大家买的，看看喜欢什么你们自己拿啊。"她的热情让我觉得很怪异。糖衣炮弹在什么时候都是有些功效的，零食瞬间被抢夺一空。当时的我还不知道，这个莫名出现的女生会在我的未来起到至关重要的作用。

她就像编剧笔下的功能性人物，出场莫名，退场突兀。

肖睿把手里的可乐，递给准备去他身后饮水机接水的我。

"又泡茶，小小年纪非要像个老干部似的，给你，可乐。"肖睿挤对着我。

"喝可乐缺钙，我才不喝。"

我也不知道哪来的情绪，白了肖睿一眼，绕过他，继续接水。

肖睿意外地愣在原地，婷婷看着他，眼神透露着不解。

肖睿是在班里我交谈最多的同学，经常酒吧驻唱赚钱的肖睿和我总有些相似之处。我们的眼神里都有着这个年纪不该有的"故事"，却默契地从不打探彼此的故事。肖睿经常把一只充满摇滚乐的耳机塞进我的耳朵内，带我进入另一个虚拟的音乐世界。音乐对于我，总是有着神奇的巨大能量。

"对，喝可乐是不好的，我这还有可以冲着喝的奶茶，给你。"

婷婷试图缓解尴尬。

"谢谢，我不喜欢奶茶，我要去排练了。"我用平和的语气，强烈抵触着。

说完我就径自走出教室，走向空无一人的排练室。

8

我也为自己莫名的情绪感到费解。

可能是觉得肖睿没有把我当朋友吧，如果是朋友我不应该和大家一起知道他的女朋友，我应该提前知道。

我不想浪费时间思考这些和自己无关的事了。

那天之后，我不自觉地和肖睿疏远了，像之前的一起去食堂吃饭，一起听音乐这样的事情，再也没有了。

神奇的是，婷婷带着让我无法拒绝的热情，隔三岔五地背着肖睿来找我谈心。之前肖睿提起过我是他学校最好的朋友，她对我一见如故，也要和我做好朋友，但是她不想让肖睿知道，怕肖睿觉得她抢了自己的好朋友。我没法理解她的奇妙思维，却也任由她。

所谓的谈心，就是听她讲她和肖睿发生的各种无关紧要的事，慢慢发展到讲她家的复杂家事。我是一个不太会拒绝别人的人，一直被动听她的故事，被动成为她"热络"的朋友。

我因此得知，婷婷爸爸在她 7 岁的时候，因为外面的女人和她妈妈离婚了，后来婷婷就和妈妈一起生活。妈妈一直做建材生意，赚了很多钱，属于女强人类型。她还有个双胞胎的姐姐，叫李文彬，和她性格不同。姐姐性格比较内向，话不多，爱生气。

很狗血的是，婷婷告诉我，她的姐姐也喜欢肖睿。肖睿拒绝了姐姐，姐姐不能接受这个事还试图割腕自杀，后来姐妹两个居然为了肖睿反目……

最后一次见婷婷时，她告诉我，她妈妈让她必须和肖睿分手，这个年纪不可以谈恋爱。她妈妈要认肖睿做干儿子，以后就做她们姐妹的哥哥。之后婷婷就再没来过学校找我，我当然也没有去找过她。

忽然有一天，很久没出现在教室的肖睿来了，他下意识地看看周围，发现我旁边没人，一脸严肃地坐在我旁边。

"婷婷是不是偷偷找过你？还跟你说她有个双胞胎的姐姐？"

"是，她告诉你的？"我问。

"嗯，她跟你说的你都不用信，都是假的。她根本没有双胞胎姐姐，是她故意骗人的。她不仅跟你说了，还跟我经常演出的女朋友也说了。"

不顾我的目瞪口呆，肖睿继续说着。

"她故意把自己说得很可怜，就是为了让别人同情她。那天在咱们班说她是我女朋友，也是她要死要活逼我说的。她根本不是我女朋友，就是听过我唱歌，之后一直围着我。我也信了她说的悲惨身世，觉得她可怜，就把她当妹妹，后来我认识了她妈妈，才知道都是她骗人的。她妈妈说，也不知道为什么，从小她就编各种遭遇让别人关注她……她和我身边关系不错的异性朋友都刻意成为好朋友，是怕对她有威胁。我别的朋友告诉我她编的什么双胞胎的事了。我一猜她就也跟你说了。"

肖睿一连串的话语，听得我瞠目结舌。

"真的假的？"我不敢相信。

"当然是真的了，我能骗你吗，但是别让别的同学知道了，有点尴尬。我这几天请假没来，就是她妈妈找我帮忙。"

"帮忙？她妈妈找你帮什么忙？"我追问。

"哎，我知道她找我朋友各种胡说八道，就真的生气了，跟她说不要联系了，很多天没理她，之后她妈妈给我打电话说她自残，不吃饭，让我去劝劝她。"肖睿无奈地说。

"自残？电视看多了吧？"我显然不能理解这样偏激的行为。

"所以啊，我跟她妈妈看着她好几天，终于说明白了。好好做兄妹，好好上课。"肖睿如释重负。

听着这些，我觉得可笑又可气，浪费了的课余时间，净听婷婷说梦话了。

也不禁感叹，精神分裂与她的距离可能就是一步之遥。

婷婷就是带着这样诡异的色彩消失了，随之消失的是提前离校，被电视台签约的肖睿。

生命中总是有这些强烈性格色彩的人物，莫名出现和消失。也许，他们是来教会我什么的；也许，就像是演员走错了剧场，闯入我的舞台，再匆忙返回。可能，我也不止一次地，这样进入再离开别人的世界，在不属于我的世界里制造波澜或荒诞，再继续向前。

在艺术高中读书印象深刻的，除了这件荒诞事情之外，就是突如其来的剧组实习。

艺术高中的最后一个暑假到来时，学校的台词老师李嘉给提供的实习机会，是我上学期间唯一的实习机会。

说是实习，可实际上是打杂般的助理工作，端茶倒水，整理物品，随叫随到，和专业毫不相关。所以，只有需要假期赚钱的我，愿意去做这个助理工作，那也是我第一次深入所学专业。很累，却不知疲惫，充满了兴奋和紧张，也结识了新的好朋友——洪海洋。

对于脸盲症的我，在他毫无特点的脸上，让我唯一印象深刻的居然是千篇一律的黑框眼镜和他的破洞牛仔外套，那是两个月拍摄中出镜率最高的衣服，几乎没换洗过的感觉。熟络后，洪海洋在闲谈中告诉我，他刚刚在导演系本科毕业，因为有亲戚同行业的缘故，才有机会进入剧组，无偿做导演组场记，负责记录每天拍摄的内容并学习导演实践。

我很好奇他的记录内容，因为年龄相仿，他也很有耐心地给我讲了很多导演组的工作内容。这样我们成了工作期的好友。

这次实习让我看到了另一个新的世界。这比我曾经工作的环境更势利——当你的职务无足轻重时，你的存在感近乎为零，即使你做得比本职工作更多、更努力，也不会被注意。

这样无足轻重的我，每天努力观察、学习。

拍摄接近尾声时，洪海洋遇到外出买生活用品的我，一同前往超市的他跟我说："你这性格做演员是不行的，你得主动跟大家走近啊，光干活不说话是没用的。说个不好听的啊，做演员就不能太要脸。"

我盯着他看，并没有不满，我早已习惯了，别人对我不经意的言语冒犯。

洪海洋赶紧解释："我没有瞧不起你的意思啊，就是打个比方，可能不恰当，但就是这样的。你看看咱组里的演员，都是主动示好，争取角色的，得跟大家都相处好，谁也不得罪。这样谁有机会都能想着他了，对吧？"

"换你是导演，人都差不了太多的情况下，你也会选择更合群的人吧。谁会上赶着给不说话的人机会？而且表演不是老师可以教的，除了天赋，还要更多实践，在你们这样的艺术学校学再久也没有用，还是得从头开始，一步一步演戏积累经验和人脉……"

我静静地听他侃侃而谈，没有反驳。

对于洪海洋的观点，我并不是全部赞同，但经验不足的我没有资格反驳。

而且，我不该把这里唯一当我是朋友的人当成反方来辩论，尽管我十分想说些什么。

洪海洋这番让我无法辩论的话语，在剧组结束之后，我都在认真思考，不是思考自己是否要去改变，而是将他的话和实际情况结合起来。我还要不要继续考大学，继续学表演？

并非长时间的思考，而是迅速地，我决定放弃高考。

虽然迅速，却无比坚定。

大学学费太贵了，而且在我看来远不如实践重要。

我想，也许成功并非只有一条路。

有时候，你的梦想是要靠自己才能实现的，而不是等着别人给。

既然，初生的我没办法决定自己的命运，那从现在开始，我想自己掌控未来。

9

很快，我将放弃了艺术学院考试的决定，告诉父母：大学学的和我高中的专业内容一样，不想浪费时间，我想自己去闯。

在家人的不解却默许下，我忽然接到一个我意想不到的人打来的电话——突然消失的、撒谎的婷婷保持着惯有的热情直接，电话的开场是她莫名其妙的问候，我也没有提及肖睿告诉我关于婷婷的谎言，像什么都没发生过一样。

很快她将聊天引入正题，炫耀现在的潇洒生活及新任男友。我猜她是想让我把这个消息传达给肖睿，但她不知道的是，我从来没有关心别人事情的习惯，何况大家进入不同领域后，除了可以看到彼此的网络动态，默契地不联络，最初我以为这是性格所致，后来我明白这才是生活的常态，类似于"人走茶凉"，但意外地，我并不伤感。

"啊？你不参加后面的高考了啊？后面怎么打算？"听闻我的近况，婷婷诧异地追问着。

"嗯，反正再上大学也是和在艺术高中学的专业内容一样，没什么意思，不想再浪费 4 年时间了。"我无所谓地答道。

我才不会告诉她，我不忍心让父母再给我支付昂贵的学费。

我再也不能，为了自己让父母负重前行。

"要不，你来北京吧，正好我上班的地方招人，你来试试，赚得挺多的。"婷婷又开始了她的热情。

"我去能做什么啊？"此刻的我是急需赚钱的，也想尽快离开长大的小镇，躲避父母和亲戚的压力。

"跟我一样，跳舞啊，在酒吧做领舞。"婷婷说。

"酒吧领舞？我没学过跳舞，不行吧？"我没底气地回答。

"酒吧""领舞"，这些词汇让我听了不免心生紧张，总觉得这些不该和自己沾边，总觉得这两个词儿几乎等同于"堕落"。

"没问题的，你在学校演出不是跳过吗。我看过，你能行的，有我呢，你怕什么？我都能跳，你比我跳得好多了。"婷婷开始了劝说。

我也不知道她为什么会这么热情，莫非是真的把我当朋友？我分析着。

"我，那个就是瞎跳的……"我犹豫道。

"哎呀，你来了试试，不行就当玩了嘛，反正你也不考试了，再说你学表演的，不来北京怎么发展啊，赶紧买票过来吧。买好票告诉我，我接你，就住我这。"婷婷安排得头头是道。

即便曾经婷婷的说谎之事让我心有余悸，但我仍半推半就地答应了。婷婷有些话还是有道理的，想发展，在家是不行的！好，那就去试试！

婷婷果然如约在车站等我，婷婷还是人群中引人注目的时尚装扮，加上她1.72米的大高个儿，我一眼便认出了她，没有过多的寒暄，她拉上我的行李，直奔一辆京牌的蓝色奥拓。

"咱们别打车了吧，我行李也不重。"我不愿欠太多人情，也不想浪费。

"不打车，正式介绍下，我男朋友，威龙，咱们酒吧的DJ。"

这时，驾驶座的车门打开，一个穿着黑皮衣，戴着黑墨镜，面无表情的男生倚靠在车门处。目测，身高应该没有婷婷高，除了不屑，他的脸上没有任何记忆点。

"哦，你好。"我显然被婷婷的择友速度和标准惊着了。

"走吧，一会儿堵车了。"墨镜男依旧面无表情，也不知道跟谁在说话。

透过车窗，伴着婷婷事无巨细的讲解，一路走马观花似的了解了北京西城。

终于，到了她的住处，因为我的到来，威龙要回自己家住了，估计这是他刚刚面无表情的主要原因。

威龙离开后，婷婷开始给我讲解在酒吧跳舞的种种好处：比如不用早起，每天打扮得美美的，酒吧有给Dancer准备的果盘洋酒，随便吃随便喝，只有节日才需要排集体舞，平时每天跳三场舞就可以，每场 3 分钟，一晚上加起来也就不到 10 分钟的工作时间，每个月可以有 6000 块的工资。我听得云里雾里，只听到了 6000 块一个月的工资，钱对于急需独立生存的我非常重要。

"今天晚上试场，你得收拾收拾，我看看你都带什么衣服了？"婷婷着急地安排。

打开我的小行李箱，婷婷满脸无奈。"你审美是不是应该调整一下了，就这一双平底鞋，和这些休闲的运动的衣服吗，裙子都没有吗？"

"好吧，先化妆，今天你就先穿我的试场，赚钱再买。"婷婷忽视我的尴尬，翻自己的衣柜继续说着。

"咱俩鞋码差不多，你就穿我的高跟鞋吧。"婷婷拎出了一双高跟鞋递给我。

"我没穿过高跟鞋……"我终于有机会说话了。

"那你今天就得学着穿了，因为跳舞必须穿高跟鞋。"婷婷打断了我的话。

"那晚上跳什么？"我问。

"DJ放什么你就跳什么，跟着节奏自己想怎么跳就怎么跳，这就是 Dancer。"婷婷略显专业的态度，又带给了我一丝紧张。除了电视看到的酒吧，我的认知只局限在量贩 KTV，既然来了，只能照猫画虎了。

没有排练的日子，晚上八点半到酒吧上班就可以。婷婷带我穿过霓虹眩晕的吧台，服务生已经开始营业前的准备工作。婷婷热络地和大家打着招呼，除了我之外，一切都显得那么自然合适。

穿过明艳多彩的玻璃长廊，就到了候场休息的房间。推开门的瞬间，除了被浓郁的二手烟呛到，我更被眼前的景象震慑到——烟雾缭绕的房间里，一个眉清目秀的大男生赤裸着上半身，正将手中的羽毛往身上装扮；七八个浓妆艳抹的姑娘正在换演出服，拥挤却有序。

当然，这些演出服，在我看来，和内衣的差别不大。

距离我最近的一个姑娘，穿着长长的黑色高跟皮靴，配着黑色皮短裙，短裙短到几乎一弯腰就露出了打底裤，上半身黑色皮质文胸，齐肩的紫色卷发，眉眼间尽是风尘。漂亮，但却无法让人心生喜欢，甚至有点惹人厌。后来，我知道她的艺名叫宝宝。每个在酒吧跳舞的姑娘都有属于自己的艺名，也不会有人好奇谁的真名。

"你先找地方坐一下，等会儿张老师过来我跟他说一声，看看几点试场合适。"婷婷又嘱咐着我，不等我回答，婷婷早已隐匿到了烟雾深处。

没人关注我，大家各自忙着，时至今日，对于那天的深刻记忆只剩下几个关键词——烟雾缭绕、羽毛、衣不蔽体。

看着眼前的一切，不知道为什么，竟然有眼泪想要流出，是恐惧？是羞怯？是不安？堕落的羞耻感油然而生，仿佛自己踏入万丈深渊般。

很快，大家打扮得光鲜亮丽，成群结伴走进酒吧大厅。有一个卡座是专门给舞蹈演员休息用的，婷婷说，让大家在这休息，也是为了来的客人，看到帅哥美女后他们更愿意留下。

"第一场舞晚上 10 点半才开始呢，先吃点水果。"婷婷从早已摆好的果盘中拿了片西瓜递给我。

此刻，迎面走来了一个紧身花裤子男，头顶着谍战戏中常出现的黑色礼帽，黑色紧身 T 恤上面印着 Bling Bling 的图案。

"张老师，今天怎么这么帅啊？"不知哪里传来的虚假夸赞。

"我哪天不帅啊？"张老师得意地答道。

也许是我的造型太不合群，张老师很快就看到了我。

"这就是你说的那个朋友吧？"张老师问。

不等婷婷回答，张老师又说："长得倒是不错，就是穿得太素了，这上台灯光一打根本看不出美啊。来，你先在小舞台跳一个试试。"

"她还没换服装和高跟鞋呢，现在就跳吗？"婷婷担心地说着。

"没事，先这样跳一下我看看。"

我还来不及反应，就被婷婷催促着，踏上这个并没有升起的圆柱形小舞台。完全没有任何心理准备的我，跟着节奏胡乱跳了起来，脑海中全是曾经电视看过的各种舞蹈画面，也不知道硬着头皮跳了多久。

张老师看后满意地笑了，说："不错，可以留下了，东东给她排上场时间。"东东应答着，便开始查看手中的排班表。东东就是那个一米八几满身羽毛的大男生，也是舞蹈演员的队长。我注视着他，突然想起了老家时候发情期的公鸡，然后，思维又跳跃到了大姐家反复出现在我菜单上的西红柿炒鸡蛋……

婷婷替我高兴的同时，也诧异没换装的我，居然就这样被挑剔的张老师录用了。

本以为格格不入的自己，竟异常顺利且迅速地加入这里了。试场这天，就是上班的第一天，当我踩着婷婷的高跟鞋，歪歪扭扭地站在缓缓升起的圆柱舞台中间时，真担心自己会掉下去。要知道，这舞台只有家里的折叠饭桌那么大，却要升起一米多高，我几乎双脚不离地，坚持跳完了三场舞。

舞台升起时的冷气，随之而来的聚光灯，周围客人的眼神，都让我紧张极了，这紧张倒让我忘了第一次穿高跟鞋的脚疼难忍，只期待舞台赶紧下降，音乐结束。

下班后我才发现脚底的水泡。

就这样，我在战战兢兢中开始了酒吧 Dancer 的工作。

婷婷提前跟张老师说了我的情况，所以张老师帮我预支了一个月的工资。拿着提前预支的 6000 块钱，我用最少的钱购置了一双廉价高跟鞋，以及我能接受的及膝短裙，紧身的露脐 T 恤，可这些在婷婷看来，根本不能称为演出服。

我成了大家口中的保守派、土老帽儿，也经常因此被张老师骂。除此之外，我在酒吧附近找到了一个有地下室出租的小区，每个月 450 块的租金，加上网费 50 块，吃饭可以去酒吧上班时吃。

我想尽办法压缩生活成本，尽量让每个月的 6000 块剩得更多一些，谁都不明白，我为什么这么亏待自己。面对质疑，我从不作答，只是微笑回应，只有我自己知道，这里不属于我，这里只是暂时的过渡。

我还有更远的目标。

10

北京的冬季，凌晨三点半。

从酒吧门口出来的时候，地面上有一层薄薄的雪。我在街灯下抬头，看到雪花零星飘落。这是我第一次看到北京的雪，和家乡的雪没有什么不同，雪花不会在乎它落下的地方是干净还是肮脏，只是默默把一切装裹成素白。

"陈雪……"我对着飞旋的雪花轻轻叫了过去的自己一声。

没有回应，但我听到了心里某处的轻微回响。我微笑着走进雪中，踏上归途。

我独自走在影影绰绰的街灯下，脚踩着不适应的高跟鞋。走了几分钟，我隐约觉得有人跟在后面，回头的时候却只有空荡荡的街道。

我不敢往光不能及的阴影处多看，生怕跳出什么东西来，只能低头快步往前。我感受到高跟鞋的边沿如同一把钝刀，温柔地割着我的脚踝。路灯把人影拉长，我的余光瞥到了一团晃动的黑影——有人在跟着我。

之前看过的恐怖故事一个个在我脑海中跳出来，让我惊异于人的死法居然有那么多种。黑影渐渐逼近，我不再假装镇定，干脆甩掉高跟鞋，拼命跑了起来。

我的脚踏在雪上，一种锋锐的刺痛感从足底直戳心脏。我迈开大步，在寂静的雪夜狂奔，呵出的热气在头顶绽开，长发不识趣地干扰我的视线。我能听到自己的心脏撞击胸腔的声音，一下一下，是对生的渴望。

许多年后我还是会想起那个夜晚，但后面究竟有什么我至今无法确定，或许我逃出了死神的手掌，或许只是风声鹤唳。这都不重要，重要的是，那团黑影的逼近，让我感受到了生命的可贵。

小区门卫室透出光亮，我向着那团光亮跑去，一把推开门卫室的门，喘着粗气。门卫抬起头，用异样的眼光打量着浓妆艳抹又狼狈不堪的我。

"不好意思，能让我在这儿待一会吗？"我尴尬地问，此时原本已经麻木的脚如同针扎一样疼。

门卫默默拿了一把凳子给我，随后继续盯着电视抽烟。

我坐在炉火边，小心翼翼地揉着自己冻僵的脚。

半个小时后，我穿着门卫脏兮兮的一双球鞋小心翼翼地走出门卫室。

这是一个普通住宅小区，离开门卫室右拐100米的样子，就可以看到一块白底红字的招牌，上面写着：住宿电话

139####0000。

　　沿路走到招牌下面的地下室，我仍然心有余悸，不时回头查看，确认安全后，再迅速七拐八拐穿过地下室的过道，准确找到自己的住房，进门后，赶紧锁好这个似乎一脚就能踹开的房门。

　　这个只有4平米大的房间，除了简易的上下铺，就是个连个舒展动作都做不了的过道。因为久不见阳光，空气中散发着潮湿的霉味儿。

　　我整个人瘫倒在床上，冻过的脚开始火烧火燎地疼，但我又慌又累，力气仿佛都被抽空了。我连妆都没有卸，就沉沉睡去。

　　伴随着最后一遍闹铃声，我不情愿地醒来。房间一片明亮，然而并不是温暖的阳光，而是昨夜忘了关掉的吊灯散发出的冷光。

　　已经是下午四点了，还好这个时间，没人和自己抢水龙头，空荡荡的洗漱间，就像曾经读艺术高中时的洗漱间，即便在寒风刺骨的冬天，也是24小时冷水不间断供应，这应该更有助于大脑清醒，顺便紧致皮肤。

　　不知何时起，我练就了自嘲的生存能力，把看似艰难无趣的事，变得轻松又充满希望。

　　没有吃饭，没有喝水，甚至连昨天的衣服都没换，还是那身行头，只是换上了平底鞋，我一路飞奔向外。

　　天已渐黑，冬季的夜晚总是来得特别快，不知道有多少天没有被阳光"消毒"过了，总是夜行人的我，差不多快忘了太阳的味道。

还未营业的酒吧一片黑寂，还好赶在最后一分钟顺利打卡，和我一样踩着时间打卡的，还有我在这个酒吧走得最近的朋友——小川。她一头利落的短发，双眼柔媚，皮肤白皙，素颜便很美了，然而形象优势如此明显的小川，却偏要中性打扮，穿着青蓝色的短款羽绒服，松垮的牛仔裤，和白色的平板鞋。

小川的舞姿和其他女孩的柔美性感截然不同，从小学习拉丁舞的她，舞姿更加有力帅气。这样的强烈反差时常让我在恍惚间以为她是一个秀美的少年。

从小就父母离异的她，很早就学会了"左右逢源"的生存法则，她不需刻意讨好，却能与所有人看似友好地相处。小川觉得，短发能让她感觉到自己有不输男生的强大，这也许是一种复杂环境下的自我保护，就像我从来不苟言笑的严肃一样。

我们之间的熟络，大概是因为脾气相同。有些倔强是与生俱来的。酒吧里只有我和小川是拒绝撒娇和讨好的。虽然她小我一岁，却时常说出看透世事的话语，我原来还以为只有我是冷静早熟的。后来才发现，这世界上有太多人相似，又完全不同。

"这位美女，你还能再邋遢点吗，挺漂亮的脸，非要弄一堆头发遮起来，能珍惜一下老天给你的美貌不？"小川满脸嫌弃。

习惯了她的"奚落"，我也没皮没脸地说："特别能，但今天不行，来不及了，赶紧去排练啦。"

所谓排练室，无非就是还未营业的酒吧大厅，此刻这里冷冷清清，酒味浓郁，空气清新剂中还混杂着些许狂欢后的汗酸味儿。

"哎，东东怎么还没到啊，就这一个男孩儿跳舞，没他怎么排练！"舞台总监张老师不耐烦地说。

"谁给东东打个电话，问他到哪里了，还干不干了，三天两头迟到。"张老师接着说。

并没有人回应张老师，只是悄悄给东东发微信，通知他抓紧时间到酒吧。

张老师40多岁了，单身至今，具体年龄没人知道。他虽然性别男，但举手投足间尽显女性魅力，大家时常觉得他生错了性别。

"陈卓，你怎么搞的，披头散发的什么形象啊，给我装鬼呢？虽然现在是排练，你也别让看的人觉得堵心，下次不要再让我看见你这副鬼样子。"张老师骂道。

以往的反驳经验告诉我，反驳只会换来更狠的批评，我只有沉默。我以为沉默能换来安宁，然而并没有。

"还有，每天上台跳舞，就你惨白个脸，能不能给我好好化妆？像什么样子，顾客来酒吧，是看美女跳舞，要开心的。你还没顾客妆重呢，对得起美女这个词吗？"张老师不解气地继续骂着。

"彩玉，还有你，该减减肥了，Dancer 有这么胖的吗？你看看你那个肚子，快赶上我了。"

彩玉是典型的微胖界美女，不是性感艳丽的类型，但可爱和甜美也让她有着惹人爱的面庞。

　　彩玉用自己惯用的撒娇回应张老师："哎呀，亲爱的张老师别生气了，生气就不美了。我减肥我减肥，您以后盯着我嘛。我保证再瘦十斤，说话算数的。"

　　张老师白了她一眼，刚要说下一个人的时候，东东带着呛人的香水味适时地进场了，还没等张老师开口，DJ威龙就机智地打开了要排练的音乐，大家赶紧各就各位，伴随着张老师的"2234，好，东东赶紧走位，对，5678"，终于一切平静了。

　　排练结束后，我没有和大家去楼下餐厅吃饭，而是去员工餐厅拿了颗煮鸡蛋回到化妆间，做上班前的梳妆准备。

　　今天，是我来北京的第14天，也是我的第19个生日。

　　没有蛋糕，也没有人知道，只有妈妈从老家打来的电话，叮咛我：今天生日啊，煮个鸡蛋吃。

　　妈妈和我的对话永远干净利落，没有寻常父母肉麻的话。毫无悬念地，我继承了妈妈这一强大优点，也不会说那些关于爱和想念的话，即使有一万个想念，也只是一句轻轻的问候。

　　妈妈一直说小孩子的生日不庆祝，会折福，但煮个鸡蛋吃，滚滚运气还是要有的。所以，从小到大我的生日，就是妈妈的几个拿手菜配上煮鸡蛋，吃鸡蛋前，爸爸总是把滚烫的鸡蛋在桌子上轱辘几个来回。妈妈说，这是滚好运。

　　自从得知身世之后，我是十分讨厌生日的，因为生日总能让我想到抛弃我的人，但为了不被父母察觉我的忧伤，每逢生日，我都配合家人举行小小的"滚运"仪式。今天，我用旧习惯和父母建立起只有我自己看得到的思念。

过去的 19 年中，发生了太多无法预想的故事，而今天，我又走入了另一个世界。从没想过自己会在酒吧做 Dancer，没有学过跳舞的自己，居然可以用跳舞来赚钱吃饭，不知道是可喜还是可悲，到现在为止，我还没用所学的表演专业赚过一分钱。

酒吧的世界就像虚拟的不存在的空间，将我和过去拉远抻长，很容易让人忘了自己来时的路。所以，我时刻提醒自己，如果我不能活成耀眼的样子，就有可能被生活的阴影所吞噬，要么去追太阳，要么轰轰烈烈地破碎。

11

一个月后的一天，晚上 8 点，酒吧候场化妆间。

"哎，婷婷好几天不来上班了，这回是真跟威龙分手啊？"小川的问话将发呆的我拉回现实。

"希望是真的，每次都这么说，每次都打脸。"我没精打采地回答。

我实在对婷婷的行为不抱有希望。

"婷婷啊，就是太糊涂，威龙都结婚了，也明确不会离婚，她还跟他混什么呢？"可儿习惯性地插话。

"这就是一个愿打一个愿挨呗，没法说。"宝宝接话。

"时间快到了，第一场舞的赶紧候场去。"东东催促着打断了大家的八卦。

已在工作台就位的 DJ 威龙，就像什么都没发生一样，继续埋头自己的打碟工作，大家也都迅速融入这一片灯红酒绿的"虚拟世界"中。

每一天都是这样混沌度过，对于未来的路，除了内心的坚定，对于方向仍然毫无头绪，既然如此，先多赚些钱，再寻找机会吧。我这样想。

经过之前的被跟踪后，每次下班，我都选择打车。虽然一百个舍不得，可我不想再提心吊胆地赶夜路了，毕竟命比钱重要。

在领舞的近两个月里，日升月落的每一次，我都错过。

一阵吵闹的手机铃声吵醒了我，我昏昏沉沉地拿起手机，来电显示是"婷婷"，时间是早上 9 点。我接通了婷婷的夺命连环 call，没等我说话，对面传来一阵哭声，我顿时清醒了。

"出什么事了婷婷？"我焦急地问，婷婷没有回答，只是不停地哭。

我继续追问："你在家吗？我马上过来找你！"

我匆忙起床，来不及洗脸收拾，随便套上外衣，顶着糟乱的头发就往外跑。还好，婷婷住的小区并不远，两公里左右的距离，我一口气跑了过去。

婷婷的房门虚掩着，推开房门，一片狼藉，到处都是被砸坏的物品，墙上还有用白板笔写的几个大字："赵文婷，你就是个大傻子"。婷婷瘫坐在沙发旁，右手托着左手，默默流泪。

"怎么了这是，谁干的？"我明知故问，直觉是威龙。

婷婷见我来了，哭得更大声了："威龙来了。昨天凌晨下班，他喝醉了过来找我，不同意和我分手。我拿着包要走，他就拽我的包不让我走，砸够了，骂够了他就走了。"

我看着婷婷托举着的手问："受伤了？走，去医院看看。"

婷婷望着我看似坚定地说："我要搬家，这次我一定要离开他。"

然而，她眼神瞬间的虚晃，让我确定她和以往一样，说到做不到。我顾不上跟她讨论是非对错，先带着她去了医院，检查结果是左手小手指骨折。医生包扎好后，我将婷婷送回了住处，边听婷婷阐述这几天发生的事，边帮她整理了凌乱不堪的房间。

听着婷婷的哭诉，我又想到了高中时肖睿跟我说婷婷爱撒谎的事了。

短短一个星期的时间，她能和威龙的老婆以姐妹相称，给威龙的老婆买了礼物，还能三个人平心静气地躺在一个床上谈心，就像亲人一样……

虽然我对这真相本身就抱有怀疑，但我还是决定不对真假做出考证。

照她所说，消失的这几天，她是去了威龙家。只因为威龙哭着挽留，她就妥协了，而这次再分手，是因为威龙老婆怀孕了，威龙让她给他老婆做饭，婷婷觉得委屈。

"你是不是傻了？你觉得你们这是爱吗？"我生气地问，也带着一丝怀疑。

"是爱。如果不爱，他怎么会跪下求我呢？"婷婷辩解道。

"每次你都是说分手就挨打，打完就下跪，戏码都没变过。再说，他如果爱你，会跟别人结婚吗？你能不能清醒点？"

"因为他有责任心啊。他们是先结婚的，这也不能怪他。他不能伤害他老婆，这是他的责任心。但我知道，他对我是真心的。"婷婷依旧执迷不悟。

"我的天，他是成年人，错他自己承担啊，关你什么事呢。你是不是被他下蛊了，这是有责任心吗？这是自私，这是脚踏两只船，这是渣男啊！"我试图喊醒她。

"你不了解他。"婷婷淡淡地说。

"行，我不了解，我也用不着了解，要不你就继续跟他好，再动手别给我打电话。而且，别怪我没提醒你，打人会上瘾，他只会一次比一次严重，你到时候可别后悔。"说完我就想离开这个昏了头的人。我不明白，平时那么聪明的人，在这种时候怎么就这么糊涂，要么是真傻，要么是谎话，不管哪个原因，我都不想搅进去了。

"我知道你是为我好。你放心，虽然他爱我，但这次我也不会和他好了，我就是想告诉你他是个心软的，不会控制感情的人。"婷婷继续替那个伤害她的威龙辩解着。

"你最好把今天说的话录下来，免得以后忘了。记住，不管他好不好，以后都跟你没关系，别说是跪下，就是死了也用不着你管，人家有家，显不着你，道理你都懂，自己好好想想吧。"我实在不想辩论了。

曾经听过一句话："永远也不要试图去叫醒装睡的人。"婷婷现在就是那个装睡的人，我决定不费这个劲了，晚上还要上班，我打算回去补觉。

没过两天，威龙就辞职离开了。很快，我收到了婷婷的信息，她告诉我她和威龙一起离开了北京。她说他们要去外地重新开始一切。我并没有追问威龙是否离婚了，也没有指责婷婷的愚蠢。我无法评判别人的生活。或许生活从来没有真正的对或错，个中滋味只有自己明了。

那一年的冬季，我就是被这些莫名的事件围绕着。比如，东东一直被一个肥胖油腻的大姐追着，大姐是搞房地产的，非常欣赏东东的青春活力，充满电力的眼神，还有东东撩人的舞姿。"撩人"一般会更多放在美女身上，可东东就是可以神奇地匹配这个词，而且恰到好处。

听说，大姐给东东租了高档公寓楼，承担东东所有的生活开销，各种奢侈品礼物也是隔三岔五地送来。大姐很知道自己的优势，而东东心安理得地接受了大姐的这些付出。

他深知大姐的用意，不过是巧妙地游走，用虚假的感情换一点物质的回馈。他并不想陷溺太深，也不想付出太多。

其实大姐是80后，单身，因为肥胖和穿衣品位，显得她年纪大很多。东东或许也曾想过对糖衣炮弹低头，做一个不用再努力的人。可是真当大姐明目张胆地送给东东男士内裤，暗示他应该再进一步发展时，东东逃跑了。是的，是逃跑！什么都没拿，就狼狈地夺门而出。

事后，大姐再也没在这个酒吧出现过，至于东东一直想说的"对不起"，始终没有机会告诉大姐了，因为他被大姐拉入了通讯录黑名单。

东东的眼中偶有神伤，似乎，这更多是失落感，不是失恋。不管是婷婷，还是东东，对于他们的事，都是大家限时的八卦，很快就被遗忘了，就像什么都没发生过一样，包括东东自己，他也很快融进迷幻的音乐中去。

我想，这应该是人的生存本能，善于趋利避害。

12

可能太久不晒太阳的缘故，镜子中的自己，脸上越发没有血色，尽是灰白。

这一天，因为是春节，我特意早起，想认真看看北京白天的模样。不知不觉，竟然在北京生活了快三个月了。

这是我第一次离家过年。

阳光下的北京，耀眼而陌生。街上拥挤的车辆，行人，匆匆忙忙，不知道要赶去哪里，好像只有我是置身事外地看着穿梭往来的一切。不知道是街头拥挤的缘故，还是阳光的作用，我感觉天气暖和多了，即使静止不动也不觉冷。

节假日酒吧是旺季，并不放假。大家都是在非节假日期间轮班休息。我离家时间短，春节仅有的几天假期，都让给别人了。除了可以多赚钱，内心深处，确实也想制造属于自己的漂泊和静寂。

不知道从何时起，越热闹的氛围，我越觉悲伤，似乎形成了一种定律——节日，是最适合悲伤的。

我就近找到了一个满是阳光的咖啡厅，轻柔的爵士音乐，伴随着咖啡和栀子花的香气，舒适极了。咖啡厅的人很少，不用刻意寻找座位，我选择临窗坐了下来，以便阳光用力拥抱自己。

手捧一大杯热的摩卡咖啡，搭配随手从咖啡厅书架取下的杂文合集，一个人的北京，有些无所事事。

"陈卓？"忽然听到一声呼唤，如果不是第二次喊我的名字，我会以为自己出现幻听了。

我抬眼望去，不远处一个男生正迎面走来，竟然是那次剧组实习时的朋友——洪海洋。

"真的是你啊，联系你很久都联系不到，没想到在这儿碰上了。"洪海洋兴奋地表达着。

"是啊，好巧，我之前电话丢了，手机号也没找回来，你怎么在这啊？"我也难以掩饰旧友重逢的诧异和喜悦。这份喜悦填补了春节独自在咖啡店看书的落寞。

"我家就在北京啊，不拍戏的时候都在这。"洪海洋操着地道的北京话回答着。

"哦，对，我都忘了你家就在北京。"

"你这是贵人多忘事呗。"他看了看时间，"快中午了，走，我请你吃饭，咱们边吃边聊。"洪海洋热情地邀约。

洪海洋带我去了一家隐藏在胡同内的四合院儿餐厅。他热情地给我介绍地道的北京菜，并没有深问太多我的故事。他就是这样让人相处起来很舒适、很轻松的人。

他赞许我放弃高考的勇气，我被他披上了自由的外衣，对接受传统教育，生活平淡的他来说，我的命途多舛变成了一种令人羡慕的冒险。他言辞间流露出的羡慕让我产生了消失已久的优越感。

我并没告诉他我在酒吧跳舞的事，不知道为什么，就是不想告诉他自己在酒吧跳舞，好像这是非常见不得人的事。我知道，很多人提起酒吧，想到的都是混乱不堪，就像最初我来到这里担心的一样。虽然我知道酒吧并不是外界的既定印象，哪里都有好人和坏人。

人乱，去什么环境都会乱；人不乱，什么环境也影响不了。

"咱们这行啊，不管什么职务，最重要的其实都是人脉，其实哪个行业都是先有人脉，后谈专业，你得先有机会不是？"洪海洋自信地说，这一幕让我想起那次实习，他对我长篇大论的建议和分析。

"嗯，有道理。"我答道。

"以后在北京，有事就找我，千万别客气，我这有合适机会也给你留意着。"洪海洋依旧带着北京人特有的热情语调。那餐只有两个人的聚会，因为洪海洋的存在，我们吃出了十个人聚会的氛围。

我们重新留了彼此的联络方式。我很感激这样不期而遇的重逢，让我在偌大的北京有了些许温暖的感觉，也让我燃起了新的希望。

这一年的春节，我没有看到往年的烟花。在每年妈妈煮饺子的年夜饭时间，我在舞台上用舞蹈庆祝着自己的新年，手机内躺着些群发的新年祝福信息。新年就这样过去了。

新的一年开篇一如往常：跳舞、排练。

在我例假感到很不舒适时，小川替我上台领舞；高跟鞋跟断在领舞台上，也是小川替我解围；还是小川，在候场的时候陪我练习集体舞的动作，小川就这样慢慢入驻了我为数不多的好友名单中。

这天，我和小川凑在同一天休假，我们约好一起去爬香山。

因为并不是看红叶的季节，香山内只有寥寥可数的几位游客。如果在这里杀个人，可能都不会被发现吧。我经常爱想这些奇怪的故事情节……

我们一口气爬到了半山腰，在一个供游客休息的小亭子坐下，看着脚下的山，也没觉得爬了多高。没有绿色的山荒凉极了，怪不得没人来爬山。

"送你个礼物。"小川从口袋中拿出了一枚纯银戒指，没有礼盒包装，只是一枚戒指。戒指上没有任何图案，平滑的光圈。

"啊？为什么忽然送我礼物啊？"我表示惊讶道。

"今天是我生日。"小川随意地说着。

"你生日，应该我送你礼物啊。你该早告诉我，我什么都没准备。"

"什么应该不应该的，我们不是一起爬山了吗？你把这座山都给我包下来了，这是多隆重的礼物啊！"小川调侃着说道。

我环顾四周，确实没别的人。这座山是被我俩给包了。

"给，快戴上吧。我也有一个一样的，我买了两个。"小川展示戴在她无名指的戒指给我看，顺便把给我的戒指递向我。

我接过戒指，刚好可以戴在食指上，阳光下，戒指闪着光，简单却耐看。

"谢谢啊，小川，我回头给你补个礼物。"我不知道该怎么表达我的感动。

"千万别啊，我不要，你以后就对我好点就行了。"小川一脸嫌弃的样子。

"行行行，我不送你礼物，以后你过生日都送我礼物行了吧，我肯定对你好，哈哈哈。"我和小川说笑着。

那天，我们爬到了山顶，难得的晴朗天气，雾霾都消散开来，露出天空纯净的底色。我们拍了唯一的一张合影，纪念了小川的生日。生活的仪式感不必与金钱相关，这样简单且不刻意的仪式更美好。

从那之后，我们变得更亲近。我逐渐卸下面对外人的面具，我也把自己的过去第一次对人倾诉。小川说，我们都是不幸的人，有着忧伤的过去，我们又都是幸运的人，遇到彼此。

　　大约一个星期后的某天，音乐总监张老师特意让我们提早一小时上班，说酒吧有重要决定，要给演艺部开会。

　　大家纷纷提前到达后台，无序地坐在沙发上，张老师仍然衣着艳丽，赶在最后一分钟推开了后台的门。

　　"大家都到齐了吧，今天跟大家说一下领导的安排啊。"张老师说着就坐到靠门的粉色皮质单人沙发上。

　　"最近酒吧生意不太好，所以，经领导开会决定，演艺部不仅要从节目上提高水准，还要配合销售部进行营销。"张老师说完看着大家。

　　大家一脸茫然。

　　"怎么配合销售部啊？演艺部凭什么配合他们啊？"东东代表大家表达了态度。

　　"没有凭什么，不是让你们讨论的，是让你们执行。简单地说就是，以后领舞和歌手也要有销售业绩。当然，和他们销售不一样，领舞和歌手只需要卖鸡尾酒。这个酒今天就会上，198 元一套，卖出去一套提成 100 元，卖得越多赚得越多，每人每月至少卖出去 5 套，卖不出去的话，可能会被裁员。"

　　大家开始小声窃窃私语，不满的情绪充斥着整个后台。

　　张老师拍了拍手，打断了大家的讨论。

　　"安静啊，你们谁有不明白的直接问我。"

　　宝宝嗲声嗲气地问："张老师，我们怎么让顾客买酒啊？也不会啊。"

　　"有什么不会的，跳完舞，不是总有顾客要请你们喝酒吗，就直接让他们给你们买鸡尾酒啊。"张老师用满是嫌弃的语气答道。

可儿对着旁边的东东小声说："那还是 Dancer 吗，快成陪酒的了。"

张老师听到了白了可儿一眼，说："能干就干，不想干可以辞职！"

说完，张老师摔门而出。

张老师离开后，大家不仅是抱怨，甚至开始骂人，却没人离开，只是情绪的发泄。在东东安排完领舞的顺序后，大家又开始了往常的化妆准备。

当我在小舞台旁候场时，小川走了过来。

"不用有负担，好好跳舞就行，我多卖的算你的，不就卖几套酒吗。"说完小川朝我眨了一下眼睛，就走向了她该登场的小舞台。

不停变幻的灯光下，小川闪着别人看不到的光芒。

她总能看穿我的为难，不容我过度沉浸在感动中，随着一声"Come Dancer"，我迅速踏进被冷气包围的那束追光里。在周围观众的注视下，所有舞者都把自己最美的舞姿展示在这个魔幻的氛围中。每次登台，我都会随着音乐坠入魔幻世界中。

我讨厌后台的凌乱，我讨厌浓妆艳抹的妖艳，我讨厌她们的穿着看似放荡，可是在舞台跳舞的那一刻，是可以抵消这全部讨厌的。这也是我能坚持跳舞这么久的重要原因。

跳完舞，回到后台的我和小川，发现后台竟然一个人都没有。

刚准备坐下休息，音乐总监张老师进来了。

"你俩别在这歇着，去大厅给演艺部留的卡座歇着去，跟这待着，能卖出去酒吗？不是换演出服的时候，别回后台，赶紧出去。"张老师连说带推地把我们轰了出去。

没办法，我们只能回到大厅卡座处。尽管桌上有很多吃的喝的，都是给演艺部专门准备的，可我依然不喜欢大厅的乌烟瘴气。所以通常跳舞结束后，我和小川都会直接回后台，这下好了，后台也不让回去了。

意外的是，演艺部的卡座处也没两个人，环视一周才发现，大家分散坐在客人的卡座处，桌上摆着闪着不同颜色灯光的鸡尾酒。看来，大家都已进入销售的状态了。

我和小川用玩骰子打发舞台下的空闲时间，就这样度过了第一个销售鸡尾酒的日子。

三天后，音乐总监张老师又开始给大家开会了。

"现在鸡尾酒的销售是没问题的，但是出现了另一个问题。客人反映，给你们买完酒，你们也不喝就蹿到别的卡座上去了，这让客人感觉很不舒服。"

"张老师，之前也没说必须得坐那不走啊，又不是陪酒。而且，换座是因为那儿要请我们喝酒。我们不也是为了卖酒才过去的吗？"彩玉接话。

"想多卖酒没问题，是对的，但是人家点了酒你也得喝点啊。你不喝，你也得等客人把鸡尾酒喝完你再走啊。"张老师每次批评的语气都带着些"妖气"。

"行，我们知道了。那个，以后咱们都看着酒喝完再走，再不然就去个厕所，再回来，别让客人投诉就得了呗。"东东打着圆场。

"不管你们想什么办法，别再让我收到对演艺部的投诉了啊。"张老师说完转身离开。

从这之后，经常看到大家醉醺醺的状态，甚至喝到吐，真担心谁从台上掉下来。

而平时和我玩骰子的小川，也渐渐走向了顾客的卡座，开始销售鸡尾酒，只剩下我一个人坐在演艺部空旷的卡座内，唯一的男生东东总是各个姐姐型顾客追逐的对象。

闪烁的灯和陪笑的脸组合起来的景象，让我想起了一个词——"酒池肉林"。不管别人怎样堕落，我总能看到小川清醒地穿梭在各个卡座，游刃有余且不得罪人地将男顾客搭在她腰上的手挪开。

"陈卓。"

去洗手间的路上，忽然听到一个熟悉的声音。

我回头一看，竟然是洪海洋。

"真的是你啊，我就看着像呢，没敢认，刚才领舞的也是你吧，没看出来啊，舞跳得这么好。"洪海洋又惯有的话密。

我下意识地用双臂挡住露出半截的腰部："嗯，你怎么来了，和朋友来玩吗？"

我赶紧转移话题。

"对啊，我发小儿今天生日，喊我过来的。"说着洪海洋的手机响起。

洪海洋对着电话的另一端说着："谁逃酒了，我遇见个朋友，这就回来啊。"

挂断电话，洪海洋对我说："我先回去啊，你一会儿来我那坐会呗，上次见面之后还没机会聚呢。我在卡 3，等你哈。"

说完洪海洋就风风火火地跑向酒吧大厅。

我万万没想到在这里会遇见熟人，其实我尤其不想遇见洪海洋，我总是不想让他知道我的这份工作。

这样的不期而遇只会让我尴尬。

最终，我也没有去洪海洋所在的卡座找他，还好最后一场舞我也跳完了。我给洪海洋编辑了一条短信：抱歉，临时有事，不过去找你了，你跟朋友好好玩，改天再聚。

那天离开酒吧的状态可以形容为"落荒而逃"。

13

这一天，我刚从舞台上下来，服务生小 S 走向我。

"V8 的顾客想请你喝酒，让我来跟你说一下，我带你过去吧。"小 S 为了避免被震耳的音乐声掩盖自己的声音，大声对我喊着。

"你替我说声谢谢吧。我不太舒服，就不过去了。"我也大声回应着小 S。

说完我回到卡座休息，卡座内彩玉和宝宝在闲聊着。

没一会儿，服务生小 S 又来了。

"陈卓，顾客把酒都买完了，一下子买了 20 套鸡尾酒，说要和你交个朋友。"

小 S 大声说着，以至于一同休息的彩玉和宝宝都听到了。

"哇，可以啊，一下子就买了 20 套酒。"彩玉插话。

"这你真的得过去了，张老师刚骂过咱们，这要再被投诉就麻烦了。"可儿对我说。

"好，去就去，你带我去吧。"我十分不高兴地说着，好像买酒的是仇人一样。

我随小 S 到了 V8，V8 不同于其他包间和卡座，不是完全与酒吧大厅隔离的封闭空间，也不是处于大厅的敞开式卡座。它是一个半透明的包间，面向舞台的方向是一整面玻璃，既独立又可以拥有大厅的热闹氛围。

"老板好，这个是我们的舞蹈演员陈卓，你们慢聊我先出去了，有什么需要随时喊我。"说完小 S 转身离开。

沙发上坐着 4 个中年男人，并没有来的途中我猜想的油腻状，他们都西装革履且文质彬彬，一副很有修养的样子，这让我很意外。除了小 S 对着讲话的那个人，其他三个男人身边都坐着衣着性感的美女，这三个美女都是常驻酒吧的陪酒。看到这里，我又想到了一个词——"道貌岸然"。

"坐吧。"身边没有人的那个人对我说。

"是你给我买的酒吗？"我依旧站在原地，气势汹汹地问。

他点了点头，又说："你要一直站着吗，过来坐吧。"

"谢谢，我不用坐，你买的酒我喝完就可以走了吧？"我看着满桌子的鸡尾酒说，紧接着，我就走向摆满鸡尾酒的桌子，自顾自地开始喝酒，不给他反驳的机会。

每套鸡尾酒都是由十个玻璃器皿的圆管盛满酒，插在铺满碎冰的圆盘上组合而成，我一口气喝了5套酒时，就已经很撑了，但我不知哪来的怒气，继续往自己的嘴里倒酒。

看我这架势，屋里的其他人也停止了玩骰子，像看热闹似的看我如何喝完。

"你这么喝酒吗？不醉也撑死了。"他略带不满。

我并没有理会，继续一管接一管地喝，我也不知道自己是怎么把那么多酒喝完的，只是觉得自己的胃快要撑爆了，终于喝完时，我晃晃悠悠地走出包房，迷迷糊糊中我听到他说："你有病吧，就是想交个朋友，你不用这么喝酒，这干吗呢。"

"我喝完了，你不能投诉的。"我留下这句话就跑向了洗手间，狂吐不止。伴随着呕吐的酒的，还有眼泪，有种堕落的羞耻感。

曾听过一句话"没有伞的孩子要学会奔跑"，可惜，我只会淋雨，我就是这样倔强而费力地，维系着那点可怜的自尊。

我醉到回不去家，小川好不容易才把我带回她的住处，她说我吐了无数次，等我睡熟了，确定不吐了，她才敢睡去。

第二天醒来的我头痛欲裂，这是我未曾经历过的，小川给了我一颗止痛片，才逐渐缓解头痛。小川说，以后不能这么喝酒了，就是水喝那么多也会有问题的，不管怎么说，你的销售业绩是够了。

听到这里，我露出了胜利的微笑，就像打了一场胜仗一样。

晚上在后台化妆时，张老师过来重点表扬了我。

"你们看看陈卓，一晚上就卖了20套酒，都向陈卓学学，好好卖酒酒吧业绩也好，你们赚得也多，双赢的事，多好。这是酒吧给大家的福利，珍惜吧。"

说完，张老师又把东东叫到一边去安排新的集体舞编舞工作。

后台一直都是这样的状态，只要不是张老师生气的情况下，任张老师说什么，大家都是自己忙自己的。张老师也习惯了，并不在意，自己说痛快了就行。

我很尴尬地看了看小川，小川还我一个无奈的微笑，意思是管他的呢。

由于星期一的缘故，今天酒吧的顾客并不多，可能除了我，没人喜欢这么空荡荡的酒吧。因为观众太少，连台上表演的歌手和领舞都不如平时投入，只有我跳得开心。

然而我却明显感觉有一双眼睛在底下盯着我。因为人不多，我略一留神，就看到了昨天那个西装男。他还是在昨天的卡座，不过只有他一个人，正捏着酒杯，透过玻璃看着我。

果然，我刚跳完舞，小S又来了。她告诉我那个人想请我喝一杯。张老师就在旁边，我不能说不去。

进卡座的时候，我身体绷得很紧。

他并没有提昨晚的不愉快，仿佛忘记了一样，优雅温和地请我坐下。

"我从来都不叫陪酒的姑娘，昨天那是朋友带来的，我借着酒意请你喝酒，只是想认识一下，没有冒犯你的意思，希望你不要介意。"他说得很平静真诚。

我不知道该怎么回答。

"我确实是想和你交朋友。我常来这家酒吧，关注你很久了。"

"我有什么好关注的？"我问他。

他肯定没想到我会这么问他，神色愕然，但我不打算放过他，继续发问。

"我不知道你这样骗过多少女生了？不过我没那么廉价和愚蠢。"

他强压着恼怒说："你这人说话怎么总是带刺啊？"

"对啊，所以建议你保持距离。"

他盯着我，眼神锋利，我毫不退缩地和他对视，努力避免眨眼睛。过了很久，他将眼睛移开。我没有忘记规矩，拿起他给我点的酒，一饮而尽，随后准备出门。

"等一下。"他声音低沉，我停下脚步。

他将服务员喊进来，点了一桌子的酒，然后告诉我："你不是能喝吗？都是给你点的，喝不完不准走。"

他挑衅地看着我，眼神戏谑。

"你觉得这样特别有成就感吗？不觉得自己很龌龊很恶心吗？"我问他。

他愤怒地拿起酒杯，将杯里的酒，精准地泼在我脸上。

"你他妈别跟我这装清纯，像你这样的姑娘我见多了，到最后不就是钱多钱少的事吗，装什么装。今天你喝也得喝，不喝也得喝。"

我并没有擦拭脸上的酒水，笑了笑，拎起一个离自己最近的酒瓶，狠狠地砸向他，他机敏地躲开了，酒瓶在墙上碎开，一股浓郁的酒香在卡座里蔓延开来。我顺手又抄起一瓶酒，这次他没有躲开，酒瓶在他头上碎开，我的手心也一阵剧痛，感觉玻璃碴深深刺进了肉里，但我还是紧紧捏着瓶子不放手。直到冲进来的小川将我拖开，我才放松下来，随后一阵巨大的倦意袭来，我睡过去了。

再醒来的时候，我在小川的床上，我的手已经被包扎好了。但还是隐隐作痛。

我觉得头疼欲裂，口干舌燥，看到床头有一杯水，便端起来喝，水是温热的。

我喝完水，刚想给小川打电话，小川就进来了。手里提着热气腾腾的包子，隔着老远我就闻到了韭菜鸡蛋混合着的香味儿。

我一边吃包子，一边含含糊糊地向小川抛出一堆问题，她笑着耐心作答。

我已经睡了两天，这两天里发生了很多事情。

我的直觉是正确的，那个男人在第一杯酒里加了料，所以我才会沉沉睡去。

小川还告诉我一个好消息，酒吧并没有因为我打了客人处罚我。

相反，那个男人涉嫌迷奸被抓了。因为有几个受害女性跳出来指证，他可能面临牢狱之灾。

"大家都给你求情，说你这是为民除害。"小川笑着说。

因为手受伤的缘故，小川坚持让我住在她那里，接受她细心的照料。大概十天后，伤口愈合，我才回到自己的住处，开始上班。

一天下午，我被一阵急促的电话铃声吵醒，一看是陌生号码，我便挂断预备再睡一会儿。可刚挂断，对方却不停打来。

我没好气地接听电话："你谁啊？"

电话的另一端传来一个年轻女子的声音："你是陈卓吧？"

听到自己的名字，我清醒了。"你哪位？"

"我是小川的女朋友，你以后不要缠着小川没完没了，她有女朋友的，如果你再缠着她，我就不是给你打电话这么简单了。"说完对方就挂断了。

我听得莫名其妙，想再打过去问个清楚，对方的电话却已是关机状态。

打电话给小川，她的电话也是关机的，这都是什么乱七八糟的呢？我只能等到上班找小川问清楚了。

我早早地就到后台等着小川，想一问究竟，却一直没见到小川。东东安排大家跳舞的出场顺序时，才说小川今天请假了，我又疑惑又担心，可小川的电话依然是关机的。

　　两天后，我和平常一样走路去上班，刚到酒吧楼下，就看到小川在门口站着。她满脸倦容，很疲惫的样子，还是穿着她最爱穿的黑色机车皮衣，黑色的宽松牛仔裤搭配着白色板鞋，像是等人的样子。看到我过来，小川一把将我拉到一旁的停车场。

　　"对不起啊，给你造成了困扰。"小川忙着给我道歉。

　　"没事，但是我不明白这是发生什么了，给我打电话的人到底怎么回事啊？"我不解地问着。

　　"嗯，一直没跟你说，我是喜欢女生的。她是我之前的女朋友，我和她在一起两年了，刚分手没多久。那天她找理由去看我，想和好，看到了你在我家，一直问我，我就跟她说你受伤了才住在我这儿。她不信，认定我和你有事，所以她就想办法找到了你的电话号码，给你打的电话，而且还拿走了我的手机。"小川一口气说了很多。

　　信息量太大了！我完全反应不过来。

　　小川看我没说话，继续说："我一直没告诉你我喜欢女生，是怕吓到你，但是她把电话打给你，你已经知道了，我就不隐瞒了。我躲着你也是因为她一直盯着，她挺极端的，我真怕她对你怎么样。"

　　我反应了半天，才明白怎么回事。

　　"可是……"我小心翼翼地问，"……你解释清楚不就行了？"

　　"我是因为你才和她分的手，我喜欢你……"小川一脸认真。

　　还没等我做出反应，小川迅速靠近我，亲了我的脸颊一下，我完全没想到这突然的一幕。心跳瞬间加速，都不敢抬头看小川的眼睛，我不知所措地立在原地，还好手里拿着矿泉水，我赶紧打开瓶盖，想用喝水缓解自己的尴尬，结果水咽下去的时候，戏剧化地呛住了，咳嗽不止，憋得脸通红，尴尬倍增。

　　小川温柔地说："但没关系，你别有负担，我们就像以前一样。"

　　我慌乱地擦拭嘴边呛出来的水。"额……那个，快到时间了，先进去打卡吧。"

　　这样仓促收场后，我们返回了酒吧内。我却不能像往常一样与小川互动，感觉怎么做都不合适。

　　除了初中一年级入学时，隔壁班送我鲜花被我当面扔进垃圾桶的男生外，这是第一次有人认真说喜欢我，可是我从没想过喜欢我的对象是女生。紧张大于心跳，之后的几天我都处在不敢对视的紧张中，而小川一如往常，对我关照备至，似乎什么都没发生一样。

　　一天中午，洪海洋给我打了电话。

　　"陈卓，有个剧组的工作，你有没有兴趣？"

　　"剧组，好啊，做什么呢？"我不假思索地回应。

　　"做导演助理，这样也有机会演戏，导演助理和演员助理不一样的，这个高级多了，你可以学到比学校还有用的东西。"洪海洋给我规划着。

"嗯，好，我也想多学些，什么时间进组？去哪里拍呢？"
我痛快地答应了。

"你都不问工资啊？"

"能去学习就行，工资多少都行。"

毕竟我去剧组的目的不是钱。虽然钱很重要，但不是眼前最重要的，如果钱那么重要，跳舞是可以赚得更多的。我现在需要的是机会。我早已想清楚事情的主次顺序。况且，我现在越来越不知道该如何面对小川。

"要不说你聪明呢。情况是这样，马上要开机了，导演的助理家里有急事，不能来了，所以现在时间紧急，最迟大后天你就得进组报到。但也是因为紧急，咱才有机会的是吧？如果可以，我就把联系方式给你，这个戏我不去，所以，你得自己联络。"洪海洋用尽量简短的话把整个事情讲给我。

我拿到了联系方式后，当即和导演通话，确定好了时间地点，当天晚上上班时我就跟酒吧说了辞职。大家对我的突然辞职感到很意外，我并没有说我要去剧组工作的事情，只是说家里有紧急情况，我必须回去，短时间也不能回来了。

东东带我办理了离职手续，工资不能当天给我，只能等到正常发工资的时候一起给我。我很快收拾好了放在后台属于我的演出服，和大家告别后，就这样简单地离开了这个工作了几个月的酒吧。转身离开时，我竟然对这个曾经觉得堕落的地方有一些伤感和舍不得。熟悉的舞台，不知不觉适应的酒味，以及不知何时建立起的友情，好像昨天。

我曾鄙视一起跳舞的这些女孩的轻浮，然而她们的笑脸，她们的眼泪，包括她们对追随她们的顾客的无情，在转身离开的那刻，竟然觉得都是可爱的。

小川跑出了酒吧大门，喊住了沉浸在伤感中的我。

"陈卓！"小川喊着。

我回头看到小川小跑着奔向我，我还以为她要给我个拥抱，然而并没有。

小川跑到我面前，问："你是不是因为我，才要走的？"

"怎么可能，我是真的有事，跟你说实话吧，不是家里有事，是我要去剧组工作，但是我不想让别人知道。所以，才说家里有事的。"我的过去只有小川知道。

"不许骗我，如果是因为我，你不用走，我可以换个地方的。"小川还是不太相信我的话。

"真的不骗你，我骗你干吗。你不是知道我一直都是准备去剧组的吗？跳舞不是我最想做的事，现在有机会了，我当然要去了。"

"嗯，行吧，那你去剧组多久？还回来吗？"

"3个月吧，但是后面如果有工作就回不来。"

"那个，我们还可以是朋友吗？"小川试探地问我。

"当然，你不记得了吗，我在香山答应过你，永远会对你好。你永远是我最好的朋友。"我举起戴着小川送的那枚戒指的手给她看。

小川也伸出自己戴着同款戒指的手，拉住我的手指：一言为定，永远最好的朋友。

故事的结尾，我们没有偶像剧的拥抱和热烈，却是持久的凝视和感动。

我和小川的故事，就像不真实的电影般存在我的记忆中，我们彼此信任。

在有喝醉的顾客拉扯刚跳舞下来的我时，小川第一时间冲过去保护我；在小川父母的电话让她伤心时，我陪她听着音乐聊天到天明，我们一起嘲笑喝得烂醉的奇葩顾客，一起逛街，一起看电影，一起爬山，工作之外的所有事情，几乎都是我们一起。我也不知道自己对她的喜欢和信任，是不是最初就多了些不一样的情感，才会和她走得如此亲近。不管怎样，小川送的那枚戒指和这段故事一直在我的记忆深处熠熠发光。

14

两天后，我独自搭乘飞机来到剧组拍摄地重庆。这是我第一次来到南方，机舱门打开，扑面而来的是湿热的空气。春末的重庆已是仲夏的感觉，让我很不适应。

取完托运行李，我按剧组安排，来到停车场与接机的司机会合。司机大哥热情地将我的行李箱放进后备厢。

一路上，司机大哥不停地用重庆话给我介绍重庆的风土人情，尽管我不太能听得懂，但是他的表情和语调里都充满自豪，我出于礼貌笑着点头，眼睛却不自觉地被街边未曾见过的植被所吸引，也为依山而建的楼房惊叹不已。在阳光下，层层叠叠的楼房像一幅幅精美的油画。

我在新奇和期待中开启了导演助理的工作。

第一次见到导演徐怀安，是在安顿好行李后，全组紧急召开的工作会议上。

会议室位于剧组入住宾馆的一楼。穿过大堂，餐厅的对面就是可供开会的会议室。会议室的中间有一个巨大的深棕色椭圆形会议桌，里三层外三层的枣红色靠背座椅将会议桌紧紧包围，会议桌的中间摆放着鲜艳俗气的塑料花，与之配套的还有暗红色的廉价地毯。

被通知开会的所有人就座后，一个脚踩棕色户外防水鞋，身着黑色长裤，黑色 POLO 衫，风度翩翩的中年男人进门，径直走到椭圆形会议桌空出来的最中心位置。在之后大家与他的对话中，我知道这就是导演徐怀安，这与我未见面时的想象天差地别。我以为这个年纪的导演，应该与优雅帅气这些词无关，就像上一个剧组的导演一样，有些油腻邋遢。

"大家都很有提前意识啊，我差点以为自己迟到了。"

徐怀安导演的幽默缓解了略显紧张的会议气氛。

我静静地听着徐怀安导演和各部门之间的工作沟通，并没有机会跟他报到，直到整个工作会议结束，我快步追上刚出门的他。

"导演好，我是陈卓，您的助理，跟您通过电话的，刚看您一直工作，就没好意思打扰。现在才过来跟您报到，有什么需要我帮您做的吗？"我进行了简短的自我介绍。

"嗯，好，暂时没事。你去领一套剧本。还有 5 天开机，先把剧本抓紧看完，有事我再找你。"说完他就转身离开了。

这让我很意外，做好了照顾导演生活起居准备的我，以为要像之前实习时做演员助理一样，可是导演却让我看剧本。愣在原地的我，直到他消失在走廊尽头，才意识到我不知道该找谁领剧本，而这个剧组我只认识徐怀安导演。

尴尬的我不好意思打电话打扰他，只好发信息询问："不好意思导演，我是陈卓，我忘了问去哪里领剧本。"

过了一会儿，手机收到徐怀安导演回复的信息，只是一串电话号码，没有任何汉字。我甚至不知道打电话如何称呼对方，还好洪海洋曾经告诉我，在剧组不管对谁称呼"老师"就都是对的。

自我介绍之后，我从"老师"那里顺利领回了厚厚的三本剧本，以及通讯录。回到房间后，立刻开始翻阅剧本，读完剧本是我的第一个工作任务。

接连的 5 天，徐怀安导演都没有联络我。用了 2 天时间看完剧本的我，无所事事地度过了余下的 3 天，总觉得不合适，终于给他发了短信："导演好，我是陈卓，明天开机，有什么需要我提前准备的吗？"

很快收到他的回复："明早出发前半小时拿早饭过来。"

我虽然不适应如此自由的助理身份，内心却有些小开心，忽然明白了些洪海洋告诉我的，导演助理和演员助理的不同。

第二天一早，我准时将早饭带到了徐怀安导演房间门口。房门已经打开了，我礼貌地轻叩两声便走进了房间。徐怀安导演的房间是带有会客室的套间，室内装修简单大方，不同于我住的怪异结构的狭小的单人房。但后来我才知道，大家都很羡慕我的单人房，尽管非常狭小，可毕竟是难得的独立空间，因为剧组的大部分工作人员都是住在两人一间的标间中。

我将早点放在会客室的茶几上，摆好，局促地站在茶几旁，等着他出来，因为刚刚的叩门声，他一定是听得到我进来的。

"坐啊。"他边说着边走出卧室，此时，他已是整装待发。今天他穿了淡绿色的户外服。

我赶紧按他的指示僵硬地坐下，面对新的环境和新的人，我总是需要些时间，让慢热的自己放松下来。安静无声地吃完了早饭后，他挎上自己的黑色帆布双肩包就往外走。双肩包的样子应该是背了很久，有些旧。

"走吧。"他对我说。

"没有其他东西了吗？我帮您拿点什么吧？"

"不用，就一个包，走吧。"说着他人已经走出去了。

我赶紧跟上，两手空空的我，只好把双手插进衣服口袋。

到了现场，导演的椅子都是已经准备好的，而我，只需要看着他的双肩包即可。在需要时，适时地将他的剧本递给他，我估计他口渴时会将水杯递给他，天热流汗时，会将纸巾塞给他。做过演员助理的我，习惯性地给自己找"找事"，以免自己显得过于无用。

在"没事找事"的日子里，我悄悄学到了很多，我更深刻地懂得了角色的塑造，表演的细节，各个部门之间配合的重要性，镜头与镜头之间的衔接。我第一次全方位地了解了创作核心的台前幕后。

在和徐怀安导演逐渐熟络和了解的过程中，他也开始对我有了更多的工作要求，比如清晰所有拍摄的剧情，记录他随时想到的拍摄细节，提醒他的同时，还要通知各部门拍摄细节的变动，这让我迅速成长。看到我的用心学习，徐怀安导演也开始主动教我更多，这让我十分开心，忙碌的工作让我忘了恍如隔世的酒吧世界。这样的遗忘功能，是在我初中经历不美好的记忆那件事时练就的，我总能把不愿记起的事情当作别人的故事，这让我轻松许多。

对于教会我很多的徐怀安导演，我的内心早已埋下了崇拜的种子，就像女儿崇拜爸爸。因为他确实只小我爸爸 5 岁而已，尽管他的长相和衣着都很年轻。

在拍摄接近两个月的时候，剧组破天荒地休息了半天。

对于没有假期，时间就是金钱的剧组工作而言，半天假已经很珍贵了。所有工作人员都开心极了，提前一天，就开始安排休息时的各种出行活动，助理身份又没什么朋友的我，选择回房间待命，以防导演安排工作给我。

果然，徐怀安导演发了短信给我："出去买水果，5 分钟后大厅集合。"

我回复："要什么水果呢？我去买。"

他的短信传来："一起去。"

我回复了"收到"，以最快的速度穿戴好奔向大厅。

我和他走出宾馆大门后，他忽然说："等一下再买水果，我们走会儿路吧。"

"嗯，好。"我答道，很久没有轻松地散散步了，这样走走也很好。

我们沿着路边的树荫走着，因为拍摄方便，剧组选择住在郊区，所以树木很多，空气很好。

"和你聊天觉得很有意思，有时候你说的话很成熟，不像你这个年纪该有的思想。如果闭上眼睛和你说话，我会觉得你和我差不多是同龄人，但是睁开眼睛看你，又是一脸幼稚。"他打破了沉寂对我说。

"啊？可能我的灵魂就是和你的年纪一样吧，也有可能是我天山童姥，哈哈。"熟络后的我，已经学会了轻松地开玩笑。

"你为什么会有这么成熟的思想呢？"

"可能是我爱胡思乱想，然后就会想出自己的生活哲学，但这只是属于我的生活哲学，不是真理。因为每个人经历不同，所以我愿意辩证地看待问题，站在不同的立场上，所以可能你觉得我说的话不符合我的年龄。"我认真回答。

"你看，现在就是，如果不看你的脸，我怎么也不能相信这是你这个年纪能说出来的话。"

"呃，好吧，那我这个年纪应该说什么？"我才意识到我不会说我这个年纪的话，"这算是未老先衰吗？"

"挺好的，所以，很多时候，我会有想问你意见的想法，因为你的成熟。"

"真的吗？那我觉得应该问，我肯定认真回答，哈哈。"我有种被肯定的自豪感。

"有个事情，我想了很久，想问问你的想法。"

"嗯，问吧。"

"我自己也觉得很不可思议——我喜欢你。"他说得很清晰。

我的手中习惯性地带着矿泉水，我赶紧拧开瓶盖，想喝口水缓解尴尬。

结果，历史重演一般，我依旧被水呛到，只是这次呛得更严重了，我尽力控制气息，想停止咳嗽，结果越控制越狼狈，咳了很久才停下。我的脸通红，可能是咳嗽憋的，也可能是因为刚才的话而紧张。

我故作镇定地说了句："啊，我知道了……"

"希望没有吓到你，对你的感觉让我自己也很意外，但是我忍了很久还是决定告诉你。"

"没有，那个，我先去买水果吧。"我有些惊慌失措。

"我不用买水果，就是想出来和你聊聊的，你要买水果吗？"

"嗯，我要买水果，那我先去买水果了。"我没有任何头绪地胡乱应答，然后飞也似的跑向路的另一个方向。

这次听到"我喜欢你"，虽然也有之前面对小川的紧张和尴尬，但更多的是激动，听到这句话，我并没有讨厌，心底隐隐觉得有些开心。

这样一个有风度有学识，成熟理性的男人，是对任何一个女生都有吸引力的。除了崇拜，他还带给我强烈需要的安全感，只是我从没想过改变彼此的情感状态，也没有意识到这或许是爱情。对于感情，我总是后知后觉，而今天的告白，彻底打乱了我的心绪。

这样复杂又奇妙的感觉，让我有些晕眩。

回到房间，冷静下来的我，仔细分析了下现实的情况，剧组的八卦让我知道导演离婚了，目前是单身状态。解决了这个问题，横在我们之间的就只是巨大的年龄差距，除此之外就没有不可逾越的障碍了，可年龄差距是我在意的吗？

关于这一点，我很早就知道自己并不在意，相反，我很排斥同龄的男生，更不用说比自己年纪小的男生了。也许我的思想如他所说，过于成熟，所以，我总觉得同龄男生很幼稚，这也是我过去一直没有恋爱的主要原因……

分析完毕，我和他之间没有障碍，只是我要不要尝试接受第一份恋爱。其实我是害怕的，我总害怕投入太多感情，怕被欺骗，怕在失去时会很难过，就像初中时候的身世突然被公开，我失去了所有属于自己的美好。我想我先不去决定什么，顺其自然，不为难自己。

接下来的几天，照常工作，并没有什么不同，我都怀疑是不是自己做了个梦。如果不是隔三岔五开始收到他发来各种我的照片，我应该会当这是个梦了。

每次手机收到的都只是照片，没有任何文字，我是会被这样的细节所感动，因为觉得被关心。当我看到认真工作的自己，觉得很美，不知道是他拍得美，还是认真的自己真的美。我不愿意过分自信，因为我觉得过于自信的后面一定埋着巨坑。

我想，这或许是难得的缘分吧。

然而我以为的机缘巧合，都是别人的处心积虑。

15

有一天，工作结束后，徐怀安给我发了信息："过来拿一下东西。"

只是这样简单一句，像以往的工作安排一样，我没有具体问，套上外衣快步走向他的房间。

房门如往常一样没有锁住，我轻叩了两下房门，刚走进会客室门口，正好他从卧室走出来。他从休闲的格子衬衣口袋拿出一个系着浅蓝色丝带的精致小盒子。

"给你，打开看看。"他把盒子递给我。

"给我？"我有些意外。

"对啊，打开看看。"

我小心翼翼地揭开系着的蓝色丝带，打开盒子，里面装着一条蓝色水滴形的钻石吊坠。

"这太贵重了，我不能要。"我赶紧把礼盒还给他。

"没有多贵重，我就是觉得很适合你，就像海洋之心。"

"不行不行，这确实是太贵重了，而且也不是什么节日，送礼物也怪怪的，反正就是不能收，谢谢。"我推托着。

"我那天说的是认真的，所以不要再跟我说不能收或者谢谢之类的话了。"他提醒着我那天发生的一幕。

"我知道，但是……"

我还要继续推托的时候，忽然被一个柔软的物体堵住了正要说话的嘴巴，随之而来的是温柔的香水味，若有若无的香水味仿佛是体香般舒适的存在。是的，我的初吻就这样意外地丢掉了。

我紧张地想挣脱开来，后背却被墙面顶住，没有办法逃离，他的双手有力地将我的双手按在墙上，身体紧紧地贴着我，像要把我挤进背靠的这面墙内。

墙推着我和他越贴越近，我可以清晰感受到他的体温、他的呼吸、他的血液沸腾。当他的舌头触碰到我时，我很不合时宜地想笑，因为我想起了高中时，同班一个女生说吃宽粉的感觉就像接吻，之后再吃宽粉，我确实认真感受了一下，和现在的感受并不一样。它比宽粉更有温度，更热烈，我不知道过了几分钟还是几秒钟，此刻的我丧失了感知时间的功能。他放开了被按在墙上的我，深情且带有挑衅地对我说："你害怕了吗？"

我摆出一副经验丰富的样子说："怕什么，有什么好怕的。"

他笑了，显然他看穿了我的假装。"如果你不接受这份感情，我不会强迫你的，只是想亲你一下。"

"那我走了。"说完，我便夺门而出。

我也很无奈，为什么我的生活中会有那么多的"落荒而逃"。

这样的心跳，是从没有过的。我怕自己不经试探就陷入爱情，我怕这样失控的感觉，可我还是失控地陷入了，尽管我一直将感情刻意封锁。

投入恋爱的速度是自己无法预期的。很快，我将自己的第一次，也给了这个给我幸福感和安全感的男人，而我的生活对我也从来都不客气。

我就知道，我不可以太幸福。童年的我就是太幸福了，才会被生活收走幸福，并且狠狠给我一巴掌。

这一次，同样。

就在我爱的这个男人第一次和我发生关系之后，他温柔地将我搂在怀中，淡淡讲述着我无法接受的事实。

"你要不要喝水？"他轻轻地问我。

我摇了摇头，羞涩地拿起扔在床头的衣服，想要离开。

"你干吗，别走了，今天就睡这吧，我们聊聊天。"

"哦……"我觉得这一刻很不好意思，除了"哦"也说不出别的。

"我现在都觉得这不像真的。我们真的在一起了。"他像少女般的语气。

"你抢了我的台词。"我嘟囔着。

"我是真的很喜欢你，也会一直对你好的，你明白吗？"他总能饱含深情。

"嗯，明白了。"我用简单的话语，掩饰内心的幸福，好像被人发现幸福是件丢脸的事一样。

"我在外面拍戏，她把家里照顾得很好，对我父母也非常好。"

我的心停住了，她？什么意思？

"上次离婚后，我觉得婚姻很累，所以我和她没有领证，但是一起生活的这几年，我们和正常婚姻中的夫妻没差别。所以，我不能和她分开。"

我静静听他说完，只觉得心疼，可是我没有表现出来，那样自己就是真的输了。

"嗯，我明白的，毕竟别人把你的家照顾得很好，不用分开啊，挺好的。"我无所谓地说着，像是一个置身事外的人。

说完，我利落地穿好衣服。

"我还是回去了，没有换洗的东西，很不方便。"我找了个自认为合理的理由，便离开了这个上一刻还装满温柔浪漫的房间。

通往房间的长廊明明开了灯的，却黑暗无比。

我已经可以控制眼泪了，可是不流泪的心会更疼，竟然有种被欺骗的感觉，可是他真的骗了我吗？好像没有，因为我从来没有问过他是否单身，只是我的道听途说，妄自揣测。

我不仅长了一张幼稚的脸，还有这颗幼稚的心。我不怪他是否隐瞒真相，只怪他不该在这个时候告诉我，或者更早，又或者更晚，就是不应该破坏我以为成年后最幸福的夜晚。

虽然很疼，但我不想表现得多么在意，那样就会显得很蠢很可怜。我是不允许自己这样的形象的，我把更多的心思都放进工作里，即便工作已近尾声，我仍旧摆出什么都理解什么都看透的样子，活跃在所有人的视野中，包括他，谁都看不出我的情绪变化。我想，这要感谢我曾学习的表演专业，我确实没有用表演赚过钱，但从这天起，我将表演放进了生活里，表演带给我更多的自我保护。

只有新闻需要真相，人际交往不需要。

我再次懂得了得意不可以忘形，我还是忘形了。

很幸运，在离开这个剧组的前两天，制片组的一个朋友介绍我直接进入了下一部戏，做制片人助理。制片组的工作又是一个新的领域，24小时开机待命工作是常态。制片组的工作是没有固定的时间的，有问题要随时解决，以保证剧组拍摄的正常运转。

忙碌的工作是让人迅速忘记痛苦最有效的工具。这期间，也会收到徐怀安导演发来的问候或是表达思念的信息，经过时间和工作的冲刷，我的心逐渐不再那么疼了。内心深处，我也不动声色地慢慢抽离那份不该出现的爱。我们没有说分手，当然，也没有给过彼此束缚，这就是他所谓的自由的、纯粹的爱情。

总有一天，我的心不会再疼的。

不完美的才是青春，太完美的是平常。我这样给自己安慰。

我从创作思维，转换为管理思维，像机器人一样不带感情色彩地工作和学习，除了工作能力的进一步提升，我意识到一个很重要的问题，自己并不是真的想要做个演员。相比演戏，我对幕后更感兴趣，我很不喜欢被挑选的感觉，虽然我还没有机会被挑选，但仍然讨厌。何况我这不懂刻意讨好的性格，并不适合做演员，洪海洋是对的，但性格是没有办法改的，我也不准备改。

在工作觉得很累很委屈的时候，在没办法按时吃饭导致胃痛时，在很冷或很热时，我都会想起来远在家乡的父母，想起点点滴滴的，我曾经忘了的，他们对我的好。

我是一个任性的小孩，沉浸在自己仇恨的情绪里，好像全世界都亏欠我的。我才明白，是我亏欠第二次给我生命的父母。如果生命只有一次，我的一生不该被抛弃我的人牵扯，复仇不是我的使命，我应该好好珍惜这世界唯一爱我的父母，否则就太愚蠢了。

以前听人说，长大就在一瞬间，看来在我这里可能是这样的。

也可能是复杂的社会经历让我成长了；又或者是命运的节点，到了不同的时间点，就会遇见不同的人和事，然后明白不同的道理。管他呢，不重要，重要的是我清醒得还不算太晚，这样就不至于走太多关于迷茫的弯路。

不知道是生活决定用事业弥补一下情感不顺的我，还是我总愿意做超出本职工作的努力态度换回的机会，总之，那之后，我的工作一个接一个，在制片组与导演组来回互换，就像急着升级打怪的游戏人物。一年加起来只有一个星期左右的休息时间，可我真的不觉得累，反而觉得很充实，很有安全感。

父母也开始由原来的关心我是否吃饱穿暖，变成了时不时催我，有合适的人也要谈男朋友的话。

妈妈甚至不知从哪里听说的"同性恋"这个词，特意打电话告诫我："你可不能同性恋啊，你这不谈男朋友不会是同性恋吧？"

妈妈的问话，让我想起了很久没联络的小川，有些情感适合用来回忆。我笑着回应："放心吧，我不能。"

在父母的态度中，忽然意识到，自己已经23岁了，时间是怎样溜走的？我不禁诧异。

16

23岁的这年，我认识了我真正的第一个男朋友项北。

刚认识项北时，他在制片组做着打杂的工作，拍摄现场帮着抬抬东西，偷睡懒觉。除了五官清秀之外，第一印象似乎都是缺点。

虽然他大我一岁，我依然觉得他像我的弟弟。

我和他的熟络，除了彼此是老乡，也源于他经常找我帮忙，问东问西。我像曾经教过我的前辈一样教会他很多，后来我知道这是他为了更多接近我想出的办法，尽管他有些不成熟，却有成熟男人没有的活力和热情。我不需要猜测他的心思，因为都写在脸上，这样的相处很轻松。

而他也不是真的懒散不上进，只是他被亲戚强行安排来这里学习，但他并不喜欢这里势利现实的等级观念，所以才表现出爱理不理，一副消极的样子，直到我半路进入这个剧组，他才开始有了活跃的理由。而且，项北说，神奇得很，我居然能带给他莫名的安全感，这不免让我有些尴尬。

人，是很奇怪的，越想依赖别人的人，最后总成为被依赖的人，最没安全感的人，却成了给别人安全感的人。

如果，硬要说究竟是哪一点打动了我，让我和他走得更近，我想，可能是他笑起来的样子。

他是一个很阳光开朗的大男孩，很喜欢笑，而且每次的笑都很真诚，一定会露出洁白整齐的牙齿。他穿的衣服也像他的性格一样外放，色彩丰富，以至于每次看到他，都会让人觉得心情不错，尤其是在枯燥的冬天，就像一团火焰。他也会在寒冷的拍摄现场，给我各种热饮，或披上一件厚衣服等细枝末节的关心。

有一天，我和妈妈打电话，告诉她我谈了男朋友，她可以不用担心我可能同性恋的问题了。妈妈问我怎么回事，我说："我觉得他牙不错，所以就谈了。"

妈妈笑着说："又不是看马，看啥牙好不好呢？"

"我喜欢牙好的啊，笑起来好看。"我胡诌着。

我们就是如此简单自然地在一起了。项北说，从开始，他就觉得他是要娶我的。我并没有曾经脸红心跳的激动，也没有欲火焚身的冲动。我想，这样的爱情应该是最好的吧，一个善良简单的人，一个会逗我开心的，爱我的人。

如果，我没有搅和到他的家族生意里，我想，我们应该就会这样平凡而温暖地走完一生。

在我确定了和项北的情感关系后，徐怀安很自然地成了我的普通朋友，就是那种存在于你的通讯录内，却从不会说话的朋友。我们都没对曾经不该发生的情感说句结束语，就这样默契地无声地，将那短暂又深刻的情感碾碎在时空里。

至于那条"海洋之心"我是收下了的，并且有好长时间，都一直戴在身上，不是放不开过往，只是祭奠青春，提醒自己不要再这样愚蠢。

四个多月的拍摄工作结束后，已是初夏，我和他一起回到北京。我搬去项北租住的单身公寓，虽然只有 40 平方米，却一应俱全，进门的右手边就是橘色橱柜的开放式厨房，厨房的对面是独立卫生间，通过厨房与卫生间的过道就是长筒型的卧室，并没有客厅，卧室是兼具客厅功能的，透过卧室的玻璃窗，可以看到窗外新绿色的树叶，随着微风轻轻摇摆。

房间朝南，所以采光很好，同样的北京，让我想起了酒吧的生活。那时候的阳光对于住在地下室的我是奢侈品，终于可以晒到阳光，不至于让衣服因为见不到太阳而发霉了。

"怎么样？"项北打断了我的思绪。

"阳光很好。"我说了我的心里话。

项北确实不是一个邋遢的男生，目光所及之处全部摆放有序，干净整洁。

"没看出来啊，你还这么干净呢。"我满意地调侃他。

"那必须的啊，要不也配不上这么优秀的你啊！"他总能说出夸赞我的话。

擦拭过沉寂的灰尘后，我将项北从花店买回的绿萝摆放在入门的鞋柜上，这样进出都可以一眼看到希望的感觉很好。

我正式地成为他准备结婚的对象，他很骄傲地把我介绍给家里人，所有人对我都很热情，甚至让我有了家人的错觉。

他的诸多亲戚中，让我印象尤其深刻的是项北二叔家的妹妹项阳。她虽然年纪轻轻，却已经有一家公司了，说起来，项北还是她的下属呢。

项阳在 19 岁就注册了一家公司，而项阳的家人也很信任及支持她，全家倾其所有来北京一起创业发展，这样的魄力我第一次见到，也很羡慕。项北大学毕业后才入职公司，由于他是电脑技术类的专业，所以被项阳安排出去学习。

我很意外，与我同龄的项阳怎么会如此优秀。在此之前，我还骄傲自己的进步和能力，我的认知里，以为只有年长的人才会自己开公司做事，见到项阳，我才知道，自己离"强大"这个词还很遥远。某种程度上，项阳用自己已有的成就颠覆了我的认知。

我对项阳并没有女生之间惯有的妒忌，相反，我很欣赏她，欣赏这个只比我大7天的女生。她不是耀眼的美，却有一张端庄耐看的脸庞，娇小瘦弱的她，举手投足间都得体温柔，就连说话都是轻声细语，不急不缓。

项阳对于初次见面的我，也很热情，习惯于待人冷淡的我，不可思议地对项阳不设防，可能是生日只差7天的原因，我和项阳并不觉得陌生。这样的一见如故是从没有过的，对于项阳也是。

我和项阳有很多相似的地方，不同的是，项阳带给别人的是亲切感，我更多带给别人的是距离感。项阳也会经常给我建议，我总觉得项阳讲得很有道理，也不断完善自己。

我和项北住的地方离项阳的公司并不远，走起来只有10分钟的路程，和项阳相识后，我大部分时间几乎都是和项阳在一起的。我还经常会买一块项阳爱吃的黑森林蛋糕带给她。

我们有说不完的话，可以讨论工作，可以回忆过去，我也毫无保留地，把自己不愿提及的身世全部告诉了项阳。这连我自己都很讶异，我只是很愿意和项阳在一起。

一天中午，我正准备去找等我一起逛街的项阳，项北对我说："你最好别跟项阳走得太近。"

"为什么，项阳很好啊，又是你这么近的亲戚，我觉得我们有很多相似的观点，所以我愿意和她做好朋友。"我不明白他为什么这样说。

“你不了解她，你和她不一样，你是有什么说什么的，她不是。我比你了解她，你要信我的话，不然以后很麻烦。”他很严肃。

我有些不高兴。我不理解，怎么就从原来很高兴我和他们相处得好，变成了现在的阻止我和项阳走近。

“我有分寸。”我还是如约去找项阳。

我和项阳约好了一起逛街。我向来对逛街这样的事情不感兴趣，基本是陪她的。我们走进一家我不认识的精致的女装门店，很少逛街的我对品牌的认知十分有限。

“陈卓，你试试这个呗。我觉得你穿，肯定好看。”项阳指着一件雪纺的米色泡泡袖的衬衫。

“啊？我就不试了吧，我没穿过这种类型的衣服，不太适合我。”她给我选的这件太温柔了，我更喜欢穿舒适的休闲运动的衣服。

“那就更要尝试了，不试试你怎么知道适合不适合呢？你知道你最有力的武器是什么吗？帮我找一个她穿的尺码。”

项阳边问我边让服务员去找合适我的尺寸。

服务员端详了我一下，很快确定我的尺寸。“好的，二位沙发先坐一下，我去拿衣服。”

服务员指着不远处供客人休憩的黑色皮质沙发，说完便转身离开。

服务员走后，我给出了我以为的答案：“我觉得是我更努力，不怕吃苦。"

项阳看着我笑了，走向供我们休息的沙发。

"你是一个女人，你要跟男人拼吃苦拼努力吗？拼得过吗？你怎么会觉得这是你最大的优势？"项阳边说边坐在沙发的中间位置，我挨着项阳坐下。

"那是什么？"

"是温柔，女人最大的优势是温柔，你要把你的温柔当作你的武器。"

我没有想过答案居然不是努力，是温柔。

"我不会温柔啊，我觉得努力就可以吧。"

"你不能放弃自己天生就有的武器，每个女人天生都是温柔的，看你是不是要温柔。我问你个问题，在你这么努力的情况下，你一个月赚多少？"项阳开始梳理我的问题。

"目前基本都 8000 块一个月。"我那时不觉得这个数字是少的。

"好，我算你一万一个月，全年无休的情况下，一年 12 万，十年才 120 万。你不可能一分钱不花吧，即便一分不花，你要多久才能存够钱在北京买房买车呢？"项阳不留情面地把账摆在我眼前。

这账，算得我有些绝望，她确实比我考虑更远。她说的没错，我多久才能存够钱呢？这样下去怎么报答父母的养育之恩呢？

"嗯，我只顾着努力了，没想这么多。这样算完，我确实买不了房了。"我苦笑着。

这时服务员将合适我的尺码的雪纺衬衣拿了过来，我从试衣间出来时，项阳觉得很好看，站在镜子前的我，也觉得这样的自己多了一些女人味。

"你看，我就说你穿这件会很好看。"

"好看是好看的，但我还是不太适应穿这样的衣服，算了吧。"我准备回试衣间，脱下这件对于我来说过于昂贵的衬衣。

"别脱啦，就这么穿着吧。我送你。"

"不行不行，太贵啦。"我不习惯欠别人的。

"我都付完钱啦，咱们去喝咖啡。"说着她就把标签帮我拿掉了。

服务员将我原本的T恤装进袋子递给我，项阳拉着我走出这家店。

合着今天的逛街，她什么都没买，却送了我一件这么贵的衣服。我是最怕别人对我好的。这样，会让我觉得自己不够强大，无以为报。

商城的一楼进门就是一家手伴玩具的咖啡厅。我们找了最角落坐下，以便不被其他人打扰。

我们点了相同的玉兰花手磨咖啡，喝咖啡的同时，项阳继续刚才没有探讨完的话题。

"你跟我哥在一起，有想过未来吗？"

"啊？未来……"我确实没有仔细想过，总觉得我还年轻。

"他在北京没房没车没户口，他的性格你是知道的，很容易知足，是过简单小日子的人，但我知道你不是。所以，如果你跟他在一起，就是要你来考虑这些问题了。虽然他是我哥，但我也是要客观评价的，他的能力确实是配不上你的。不过，即便将来有一天你们分开，我们也依然是最好的朋友。"

我不知道该说什么，只能用不自然的微笑回应。

项阳继续说道："说了这么多，我是想你和我一起向前跑。我也知道你的工作能力，我们一起配合，一定会把事业做得越来越好，你可以做执行制片人，直接抓项目，做管理者。这样才有机会赚更多的钱。"

我心中的感动都快溢出来了，离家这么久，第一次有人会如此费心为我规划未来。项阳的成熟和理性是我无法企及的，我开心地接受了项阳的邀请，我不在乎她能让我赚多少钱，我只想，用自己的实际行动回报项阳对我的好。

接下来的日子，我和项阳天南海北地出差。项阳总会亲切地给大家介绍，说我是她的小妹，我们也确实情同姐妹般互相关照。

遇见需要喝酒的应酬，我会悄悄把她的酒换成水，也会在无法换水时，替项阳挡酒。喝酒的时候，总能激发我的斗志，不能输的毅力会支撑我回到家才可以醉，宁可自己喝醉，也不想看到项阳喝吐，和项阳一起工作得越久，我越欣赏她的周全和得体，更心疼她的不容易。

我们一起筹备拍摄了一部小成本的电影。接近一年的时间，我是没有工资的，可是想到项阳对我的好，我依然觉得每天都

很有动力。在电影开拍时，我有了不一样的成就感。我和项阳
如何艰难地解决了各种问题，一幕幕都在眼前，开拍在即，项
阳说，这个戏给我 3 万块的工资，我告诉项阳剧组拍摄很需要钱，
我不用拿这么多。项阳总能说出让我很暖心的话："你值得"，
这样的肯定对我很重要。

但女生之间的感情很复杂，项北之前所告诫的话，终于应
验了。

17

逐渐地，项阳开始对我不像以前那么亲近，曾经对我的重
视和在意都不见了。我不明白哪里出了问题，只感到内心很难过。
因为过于看重这份情感，这样明显的态度变化，会让我觉得是
情感的背叛，曾经对我的好，像是欺骗一般。

我开始收回自己曾经对她的好，并且不再像以前那样什么
都听她的。想用努力工作，来控制即将失控的情绪。

但事情没有我想得那么简单，在我努力想要平静自己的心
态时，我在拍摄现场，被已经在返京的项阳电话告知，可能我
不适合她，可以离开了。

虽然，我没有拿到项阳口中的"值得"的 3 万块。可是，
我的自尊心仍然让我选择拒绝项阳订的机票。我订了最近的一
个航班独自飞回北京。

回到北京后，项阳约我一起吃饭，我依然赴约，为了掩盖自己的脆弱，我将曾经学习的表演在生活中运用自如。我饰演了一个快乐平静的我，愉快地吃完了饭。这餐饭聊的什么，我忘记了，只是很清楚，我们都没开口提及彼此发生的不愉快。至今，我都不明白她为什么只字不提。

半个月后，项北从我离开的拍摄地回到北京。这次回来的项北没有以前的热情和幼稚。他经常去公司很晚回来，问他怎么了，他的眼神都是闪躲。

一个星期后的夜里 11 点，项北刚从公司回来。我并没有睡，因为他回来前给我发信息说："你一个人吃晚饭，公司还有事，我晚些回，然后我们谈谈。"

我和项北面对面坐在两个蒲团上，我们之间隔着那个平时吃饭用的白色木制小茶几。他深吸了一口气，那样子，像是要报告一件很严重的事情。

"我们不能在一起了，原因你应该知道。"

之前我觉得他幼稚，也在观念不统一时，说分开做朋友，他都没有同意过，所以他这样的开篇，是我始料未及的。意外之余，还多了一种我无法形容的情绪，说是失落和难过都不准确，但不是伤心。

"因为我和项阳的问题，所以我们要分手对吗？"我只能想到这儿。

我能看到项北的喉结滚动，似乎在阻止他说话。但片刻之后，那句话还是冲破阻碍，从他嘴里冒出来了："不仅仅是这样，你的心太野了，我们家池子小养不了你这么大的鱼。"

听着这样讽刺的话，我冷哼了一声。"不仅仅是这样？"我重复着项北的话。

"我和项阳的问题，你不觉得是我被欺负吗？"

他显然不想回答这个问题，我也不想纠结这些了。

我继续说道："好，分手就分手吧，本来也不合适。但我想知道什么叫池子小，养不了我这么大的鱼？"

"你不是一直觉得我配不上你吗，所以我做什么你都嫌弃我，没错吧？"他带着怨气反问我。

"你是指工作上吗？最初是你让我帮你，让我教你的，所以我看到你的问题就要告诉你啊。这也成我的错了？"

"我是让你帮我了，但不是这样，你跟项阳说觉得我的能力不行，你不知道那是我的亲戚吗？不是你的。你和她这么说合适吗？"

"是她这样说的你！我只是客观分析你的现状，并且一直在帮你进步。我只是觉得她没拿我当外人，才会给我说这些。"我想起曾经项阳说过的话："我哥的能力是配不上你的，如果有一天你们分开，我们也是最好的朋友，和我哥没关系。"现在想起，只觉得自己很可笑。

"实话跟你说吧，我们家人都觉得你看不上我。现在全家也没有人喜欢你，你太爱表现自己的聪明了，但我没觉得自己很差，所以就算了吧，还有，你是不是问项阳借过 5000 块？"

"借？那是因为去大连出差，我钱用完了，机场不方便取钱，项阳主动给我的。她说不用去取钱那么麻烦，就算是提前预支工资了。我回忆道。

"嗯，项阳让我转告你，你的工资就不给你了，因为你没有完成拍摄。她之前送你的生日礼物和你们逛街她送你的东西，加上你预支的5000就算是给你的工资了。"

原来礼物是这样的意义，那我真不该接受她的礼物。

项北继续问我："你没有拿她别的钱吧？"

"什么意思？她是说我还拿了她钱是吗？我没有。"我快控制不住自己的眼泪了，不是因为被冤枉，而是对这个和我朝夕相伴，同衾而眠的人感到无比陌生和失望。但我还是提醒自己不能在他面前落泪，他配不上我的眼泪。

项北摆出一个公正的审判官的姿态，说："嗯，我相信你不是那样的人。"

他是想让我感谢他的信任和公正吗？听完这些，我不知道该说什么，大脑内飞速运转各种强有力的语言，嘴上却只剩微笑了。

他继续说着："给你个忠告，以后不要太爱出风头，锋芒毕露不是什么好事。"

这个我曾以为不够成熟的人，开始给我上课，给我忠告了。

"我怎么锋芒毕露了？"我气愤地反问这个给我忠告的人。

项北却给出让我无论如何都想不到的回答："项阳他们一家人都觉得你这么围着项阳表现，是因为你想利用她的资源，将来自己干。"

我承认，这一连串的讯息听得我头晕目眩。"原来在你们眼中，我是这样的。我努力工作是出风头？我把她当朋友，是我别有用心？我的用尽全力，在你们看来都是处心积虑，对吗？真是太可笑了。"

项北沉默了片刻后，继续说道：

"另外，这个房子是公司给我租的，所以你不能在这住了。"项北发布着驱逐令，难道他担心我会赖在这里不走么？

"我当然知道是你公司给你租的。放心，我今天就走。"

项北自以为得体地说："我不是这个意思，我知道这一年你一直在项阳这儿忙，没出去赚钱，你可以先住几天，找到地方再走。你住的这几天，我就去公司睡沙发，我现在也没发工资，只有1000块，一人一半吧。"

他从裤子口袋掏出几张百元纸币，数出5张放在面前的茶几上。

我怎么可以把自己放在这样尴尬丢人的处境中？怎么可以再次毫无防备，怎么可以放松了警惕，不设防呢？

我毫无感情地说："谢谢，你自己留着吧，我现在就收拾东西离开，不会给你添麻烦。至于她给我买的东西，麻烦你帮我还她，但是那5000块就不给了，原本属于我的3万块工资，她还欠我25000。"

说完，我将项阳送我的礼物找出来，放在摆着带有嘲讽意味的500块钱的茶几上，并以我最快的速度收拾好本就不多的行李。

我看了看摆在书架上，自己曾买来的各种书籍，但没有拿，一个人的路不适宜太重。

就这样，我带着仅存的自尊和行李箱，头也不回地踏入黑夜。

又是凌晨，北京的夜。

曾经酒吧跳舞时，我也这个时间走在北京凌晨的街头。

像是一场带有记忆的轮回。

只是这一次，无处可归，比起没地方可以去，那次下班被尾随并不可怕。

我用手机搜索出最近的快捷宾馆后，将带有音乐的耳机塞进耳朵。我的眼前都是过往，我的周围都是冰冷，即使此时正值盛夏。

办理好入住手续后，夜已转为黎明。

我脸上没有眼泪的一点痕迹，我甚至怕前台的服务人员嘲笑我的落魄。

一夜未睡的我，并没有丝毫睡意。我将行李立在床边，直接坐在靠窗的床边，看着逐渐透亮的天空。

我在想，是哪里出了错？什么时候出错的？为什么项阳不肯直接和我说，而选择这样传话？为什么项北会在分手时和我说了这么多我从未察觉的事？所以，这是多么失败的恋爱？多么失败的友谊？

最让人难以接受的，不是失恋，而是这种强烈的挫败感。

爱情、友情，还有最初给我错觉的亲情，都是缘于我的自以为是。

我以为我会将自己保护好，不再给任何人让自己难过的机会。

可是，每次我以为自己很强大时，老天都会给我一个响亮的巴掌，让我明白——人可以得意，但不能忘形。

也许，是我忘形了。

我怎么敢以为自己可以拥有一切的美好？太美好的故事，从来就不属于我。

本来不可以相信别人的。

并不是相信别人的人都不幸福，只是我的世界，就是这样一个奇怪的魔咒，每次选择相信，都是伤害。

一直在窗边坐到太阳高高升起，阳光刺眼，我却只想通了这一点。

刺眼的阳光，让我回到了现实。

很悲哀，我不是一个有资格伤心难过很久的人。

太久没有在外面工作的我，只剩口袋里的几百块了。

我必须要解决现实的问题。

偌大的北京，却没有我可以容身的地方。

在如此绝望的时候，大脑本能地出现小川的名字，虽然我们很少联络。

太开心的时候都没有想到小川，但绝望时却是第一个想起，我和小川就是这样奇怪的朋友。

我拨通了小川的电话。

电话很快被接起，是许久未听的亲切的声音："喂，陈卓，你终于想起我了啊。不靠谱，八百年也不打个电话，咱俩都快成网友了。"

听到小川惯有的指责，忽然很想哭。

我笑着说："网友要见面了，我分手了，无家可归，需要你收留。"

小川没有任何质疑，她知道我不是个拿这些开玩笑的人。

"给我地址，我来接你。"

"好，我微信发你定位。"我说完就挂了电话，将定位发给小川。

发完了定位后，我安安静静、认认真真地哭了起来，像是给刚刚入墓的一切，准备的葬礼必备的礼物。

小川比我想象的速度快，半个小时左右的时间，小川就到了楼下。

我怕小川看到我的泪痕，特意将行李内的墨镜取出来戴上。

拒绝了小川上来帮我拿行李之后，我迅速办理了退房手续，拖着行李来到了宾馆门口。我看到树荫下许久未见的小川，依旧是帅气的短发，在黑色 T 恤和黑色牛仔裤的映衬下，小川本就白皙的皮肤显得更白了，看到我出现在门口，小川赶紧跑过来帮我提行李。

小川用故作轻松的口吻说："嚯，你这墨镜可以啊，我跟你说，也就是你，换别人，我才不接呢。"

"你怎么这么瘦啊。我自己拿吧，感觉你瘦得都拿不动行李。"我也刻意营造轻松的氛围。

始终我还是拗不过小川的，她拖着我的行李带我来到一辆黑色边跨摩托车旁。

"幸亏你就这一个行李，要不我这儿装不下了。"小川利落地将行李扔进摩托车侧边的车斗里。

"你什么时候会骑摩托的？这是你的车啊？"我很意外。

"大姐，早就会啊，我摩托车都买了一年了，你要是再晚几年见我，估计我都当奶奶或者外婆了。"小川边说边从车厢拿出一个纯白色的头盔递给我。

我戴好头盔，坐上太阳晒过的有些烫的后座。

"有点烫屁股吧？这幸亏是上午，要是中午估计你就坐不住了，坐稳扶好啊，出发啦。"小川说着发动了摩托车。

摩托车启动的惯性，让我向后微微仰去，我赶紧扶紧小川的腰。

18

小川换了住处，虽然只有不到四十平，因为 Loft 的格局，让房间显得更宽敞。进门可以看到高高的玻璃窗搭配着白纱帘，明黄色的布艺双人沙发摆在客厅中央，白漆刷成的木制茶几上放着圆柱形的玻璃花瓶，里面插着我不认得的紫色花苞，后来小川告诉我花的名字叫睡莲。这一切布置让房间看起来温馨舒适，也暂时让我的挫败感得以缓解。

我和小川之间从没有寻常朋友的寒暄，将行李扔在门口，我们就瘫坐在沙发上。小川问我事件原委，我将所有事的来龙去脉讲给了小川听。

她说：显然，这是遇人不淑。人都会有这种时候，但不能总是陷在不好的情绪里，因为不值得。

"嗯，我要谢谢他们，帮我成长了。"我试图安慰自己。

"当然不该谢谢他们，怎么能感谢伤害自己的人呢？那你让对你好的人怎么想，如果伤害你，你也要感谢，那别人何必对你好。我们不能善恶不分，伤害了就是伤害了，没有他们的伤害，你也会成长。"小川义正词严地对我说。

小川的这番话点醒了我。是的，我不该感谢伤害我的人，难道我还要感谢抛弃我的人吗？那让养育我长大的父母怎么想？

"你说的对，我不应该被负面情绪影响大脑，否则就是善恶不分了。"我肯定了小川的话。

小川从茶几的抽屉内，拿出了一包我不认得的进口香烟，随手抽出一根点燃，她知道我是不吸烟的，所以并没有递给我的意思。

小川深吸了一口烟，随之吐出一大团烟雾，看着烟雾在空气中淡淡散去，小川继续说道："善良和真诚，在这些人眼里，都是你的致命伤，可以善良，但是要分人分事，你原来在酒吧上班不是挺有自我保护意识的吗？我现在还记得你把酒瓶子敲碎在渣男头上的场景，那才是你。"

小川的话也把我带到当年的场景，想到自己一酒瓶砸出个迷奸犯，我和小川都笑了。

"对了，那人判了多少年啊？"我问。

"听说是六七年吧。后来他媳妇儿还找上酒吧闹事儿，说我们诬赖她老公，还说她老公一直多么多么顾家又专一……是不是有点傻？"

"是啊，就像我一样傻。"我想起了徐怀安，想起了刚和我分手的项北。

小川笑了笑，接着说："真的，你别觉得其他行业就比酒吧清澈多少，其实都一样，人有很多面的，晚上来酒吧玩最嗨的，也许就是白天最一本正经的。这样的人咱们见得少吗？等到白天，他们披上一本正经的皮时，内心不定憋着什么坏，但是不露一点痕迹，真还不如来酒吧玩的时候，你能清楚看到他们赤裸裸的不堪，而你走入了假正经的白场，就真的把他们当成了他们刻意表现出来的样子。所以，你今天才会这样。"

"是，是我太相信白场这些人的表现了，你说得很对，人怎么可能只有他表现的美好的一面呢。我忽略了，听你这样说完我好像没那么不开心了。"

"当然没必要不开心了，能伤害你的都是狗屎好吧。你跟狗屎不开心干吗？另外，他们不是觉得你是大鱼吗？觉得你要自己单干么？那其实也变相说明他们看好你，觉得你行，所以才有危机感，才有这些话。那你就应该考虑一下他们的建议和提醒，自己做。"小川总能从一件事情里看到不一样的答案。

我被小川的分析惊到了，也许小川是对的，我只知道陷在不堪内，却没有冷静分析过这些话。

"我怎么没有想到这些？这确实可能是变相的提醒和建议，是看好我的能力。"

"不是可能，是一定，所以，你就要珍惜'伯乐'对你的点评啊，不然他们多失望。"小川说这话时，眼神中竟有些许杀气。

"好，从今天起，我要尽我所能长成他们养不了的大鱼。"我的决心不仅存在于对小川的这句话之中。

尽管不必对伤害我的人说感谢，但确实因此我开始调整人生规划。

如果一定要说感谢，我要谢谢在我最难堪最无助时，收留我且给我理清方向的小川。否则，我可能只是简单地受伤而已，我不是不会反击，只是不愿反击。我可以把酒瓶毫不犹豫地敲碎在一个人头上，但对自己信任——至少曾经信任的人——我说不了重话。

见面的第一天，我和小川一直在聊我的事情，我也忘了过问她的近况，直到第二天我才想起关心这一切。

小川告诉我，我离开酒吧后不久，她也离开了那家酒吧，因为后面越来越夸张的卖酒任务，让她觉得性质完全变了。

离开酒吧后，她自己开了个小工作室，教小朋友们跳拉丁舞，一开始没什么学生，不仅不赚钱，还把她过去几年跳舞赚的钱都赔得差不多了。后来跟一个有学生资源的人合作，每来一个学员，这个人拿 20% 学费，这样才开始一点点好转。

现在，小川每个月赚得比以前跳舞多了两倍，之所以住在这里，是因为她的舞蹈工作室就在这栋楼的一楼，上班非常节省时间。而那个当时因我而吃醋的前女友，在那次争吵后她们就彻底分手，再没见过了，之后小川又谈过一个男朋友，以及一个女朋友，都风风火火地开始，又着急忙慌地分手。

小川说可能自己是水瓶座的原因，他们总是跟不上她的步伐。爱情就是瞬间的，这个瞬间过后，当时再心动的人，都平凡到让她想逃。所以，她觉得一个人可能是最好的状态，工作赚钱，有朋友，有家人，就够了。

我和小川都是精神上很懒、又很怕麻烦的人，不想天天给朋友打电话，讲遇见什么人发生什么事。所以，太久不见面，导致我们错过了彼此太多的故事，却都在各自的世界一直向前。

每天，小川去给小朋友上课的时候，我都用各种开心且狂躁的快歌陪伴自己，任何悲伤一点点的歌，我都不会听，任何多愁善感的文字，我都不会看。我不能帮助负面情绪营造氛围。

尽管未来的方向理清了，可我仍然没有任何头绪，目标是非常明确的，但是几乎身无分文的自己，怎么达到这个目标呢？这是一个难题。不出所料，项阳并没有把 25000 块给我，而我带着厌憎，不愿给项阳打电话。我觉得追讨是一件很没有意义的事情，况且，我不想再和他们有任何交集。

在我思考的同时，我惊讶地发现，自己居然一点不难过了。

这才仅仅一个星期而已，我都诧异自己的自愈力，原来思考工作能有这样的疗效，真是意外收获。在离开项北的那个夜晚，我甚至觉得自己不会再好起来了，看来，这些都是错觉。

我用仅剩的几百块，从网上买了各种创业的书。这应该就是所谓的病急乱投医，也是当时唯一能想到的办法，我想，开卷总是有益的。

小川下课总会带着外卖回来和我一起吃，看着堆满茶几、斗志昂扬的书籍，她感受到了我的决心，同时感知到了我的毫无方向。

在我快要看完两本创业书籍的一天晚饭时，小川终于忍不住开口了。

"你觉得看这个有用吗？"小川放下筷子问。

"有用吧，没做过生意，先看看别人怎么做的呗。"我边吃饭边手举着书看。

"你先别看了，我问你点问题。"小川拿下我手中的书。

我将筷子放下，说："你问吧。"

"你是要开影视公司吧？现在这些书有教你怎么开影视公司吗？"

"没有。"

"虽然我这个工作室不大，但是也属于做生意的范畴了。你看啊，我是这么觉得的，不管什么生意，资源都很重要，我最初快赔光了，就是因为没有人来交学费。我和别人合作以后情况才逐渐好转，然后再把专业精化。同样，你想想影视公司需要什么？你有什么？你认识的人有什么？"小川向我提出了更具体的问题。

小川又把我问住了，这顿晚饭后，我再次陷入了新一轮的思考。

这一整夜，我都不觉得困，听着耳机内的音乐不停思考。他们觉得我可以，一定是我有表现出来什么，我仔细回忆，每次和项阳出去谈事，大家印象很好的我？每次项目有需要，都极力调动认识的熟或不熟资源的我？每次为了保护项阳不要喝多，都拼命喝酒的我？每次问题但凡有可能，都努力尝试沟通的我？我想不出来别的了，难道这些就是让他们所顾虑的？

可是这些都应该是公司开了之后的后话了，陪项阳工作的一年时间，我只是更清楚了一个电影从筹备到拍摄的全部过程，但是如何做公司、如何找到合适的剧本、如何把电影播出去呢？这些都是我不清楚的，比过往清晰的就是和政府相关部门的沟通过程，但是都是零星片段，根本没用。

抛开细节，先不考虑如何运营公司，最现实的就是需要启动资金，我是不会问父母要的，即便要，父母也不可能有。所以，我还是要先赚钱！

彻夜未眠的我决定，边赚钱边积累资源，这才应该是第一步。

想清楚了第一步的我，第二天一直睡到了下午才醒。

命运总是十分眷顾处于绝境的我。

昨天刚想着需要赚钱，醒来便接到曾经剧组工作的朋友喊我进组拍摄的工作，还是熟悉的导演组场记工作，拿到工作的自己像是踏上了"万里长征"的第一步。这一步，对于我来说，是有着里程碑意义的。

19

很快，我进入了新的剧组工作。为了节约经费，天下所有的剧组都将长相相似的快捷宾馆作为驻地，不管是大城市还是小县城，无一例外。

为了加快拍摄速度，剧组分为 A、B 两个组拍摄，这样将原本需要拍摄 4 个月的戏，可以用两个月全部拍完。全组开会的第一天，我惊喜地发现了一位很久没见面的老朋友——洪海洋。他是 A 组的执行导演，而我是 B 组场记，虽然都是导演组，却不一起拍戏。他还是戴着那副标志性的黑框眼镜，不同的是，我看到他的衣服明显被微微隆起的肚子撑起，看来他是提早进入了中年危机。还好，发量还是丰盈的，他显然也看到了我，散会后，我们走向彼此。

"你也在这啊，太巧了，你怎么又瘦了啊。"洪海洋依旧是熟悉的热络。

"对啊，好巧，好久没见了。"我笑着说。

由于是晚饭的时间，我们简单寒暄一下，便结伴去宾馆门口的烧烤店吃饭。我和洪海洋的交流几乎都是在饭桌上。

烧烤店很小，也很破旧，泛黄的墙壁，七八张木纹色的简易折叠桌，一些蓝色的塑料凳，有些已有残缺。可能吃烧烤的人都来得比较晚，或者他们家的烧烤不好吃，所以，除了我们，店内只有一桌客人。我们选了一个离那桌客人较远的桌子坐下，刚好临窗可以看到街道，我很喜欢这样的视野。烧烤店十分简陋，餐桌上摆着滴着油污的自助点餐的纸单。洪海洋从桌子上许久未擦的绿色塑料筷子笼里，拿出已使用一半的绿色铅笔在点餐纸上涂涂画画。

"你想吃什么，我帮你画出来。"洪海洋边画边说。

"都可以，你看着点吧，别点太多，我吃不了太多。"我实在对吃的没什么想法。

"该吃吃啊，不让你请客，别紧张，我请你。"洪海洋调侃道。

"真不是客气，还真得你请，我没钱。"我也意外自己会坦然地承认自己没钱了，因为是老朋友的缘故吧。

"不让你请客，就别装穷了，你穷谁信啊。"洪海洋将铅笔扔回筷子笼。

"老板，点好啦，拿一下菜单啊。"洪海洋大声地朝老板喊着。

很快，从吧台走出一个大腹便便的中年大叔，也许是为了掩饰谢顶的尴尬，大叔索性把头剃得锃亮。

"好嘞，兄弟，我先去下单，不够再加啊。"老板说完，走向后厨。

"哎，要不是我表哥喊我来，咱俩就碰不着了，本来我是不想出来再拍戏了。"洪海洋率先开口。

"为什么不想再拍戏了？"我问。

洪海洋将右手放在嘴唇附近，一副思索的样子。

"觉得老这样在外面拍戏，这种漂泊感不是我想要的，但是你要说熬成大导演什么的，那就属于没影儿的事了，而且现场总归也是太辛苦了。"他答道。

我像记者般追问："那你想要的是什么？"

"我计划弄个出租影视器材的地儿，挂靠在一个公司就行，或者自己注册一个，也不费劲。器材这个弄好了应该是比较赚钱的，而且，我表哥就是摄影师，他懂这些，技术方面可以帮我。我自己也学了不少这方面的知识，差不多够用，实在不行，还能雇人。"洪海洋说得头头是道。

此时，老板将一大盘诱人的烧烤放在我们的桌子中间。

"老板，结账。"除我们之外唯一的那桌客人喊老板结账。

"二位慢用。"老板刚说完，就匆匆奔向那桌客人。

"嗯，挺好的，你都想清楚了，那就做呗。"听着同样想开公司的洪海洋对公司规划条理如此清晰，我只有赞许。

"快，趁热吃，别看店小，串儿还挺香的啊。"洪海洋边说边递给我一串冒着热气的鸡翅。

"你呢？怎么规划的自己啊？就这样一直拍戏吗？"洪海洋反问我。

"嗯，以前是想一直拍戏拍下去的，一直努力的话，不管是职务还是工资都会提升的，但是现在我不这么想了。"

"怎么突然改变想法了？"洪海洋追问。

"不重要，以后再跟你细说，故事太长。"我想赶紧岔过这个话题。

"好吧，那你现在怎么想的？"洪海洋追问。

"现在，我想有个公司，自己拍电影，做独立制片人，拍戏这几年认识了很多朋友，我觉得朋友可能是我最大的资源，所以，拍个电影并不难。"我相信洪海洋不会嘲笑自己的朋友，就像我也不会嘲笑他的梦想。

洪海洋放下手中吃得正香的羊肉串，兴奋地对我说："那咱俩可以一起合伙啊！"

我疑惑地看着洪海洋，说："可是我也不懂器材那些，怎么合伙啊？"

洪海洋将原本不大的眼睛睁到最大，激动地对我说："你不用懂器材啊，我懂就行，你有朋友啊，如果你所有的朋友都能用我们的器材，这就是钱啊，拍电影也得有钱啊。你赚到钱就可以去拍电影了。"

我的大脑随着洪海洋的描绘开始加速运转，我想这也许是一个好办法。我甚至觉得这便是命运的安排，让想开公司的我遇见有同样诉求的洪海洋。

"那你懂注册流程吗？另外，拍电影最初是不需要办公地址和员工的，没钱的情况下，我最初可以这样起步的，但是摄影器材这些不一样，是要办公地址，需要养护机器的人，还需要买器材，这些都要很多钱。我没有钱，只能尽最大努力拉租赁业务，你觉得这能行吗？"我提出了实际存在的问题。

面对我的问题，洪海洋并没有思考很久，而是直接回答：

"注册，很简单，我找人代办就行，5000块钱的事儿。办公地址先找便宜的地方，员工找些刚入行的小孩教教就行，他们都是赚机器出剧组的跟组钱的，一两千块钱基本工资就可以。器材也不用买那么多，可以十几万买一个机器，镜头什么的都跟同行租借，只要业务量起来，我们就可以滚雪球似的很快壮大。前面这些成本我先出，利润来了再扣除我垫的成本。我的风险就是先出的成本，当然这也没什么，毕竟是我本来就想做的事，你不合伙这钱我也得出，你的风险就是前面很久不赚钱，后面要扣除了我垫付的成本才有利润。我们合作的好处，就是我能有更多的订单，你也多了一块公司业务，还不耽误你拍电影，电影跟我没关系，就等于你多了一个事，这样，我们都壮大了。"

洪海洋快速清晰地解答了我所有的顾虑，看到态度如此坚定的他，我也没再多想，本来就是一无所有，也没什么可怕的。

"好，那我们就按你说的方式合作。如果我没有业务，你随时可以带着你的前期投入跟其他人合作，如果我的业务量是50%以上，从利润里扣除你最初投入的成本后，公司的所有设备和租赁产生的利润我们五五分。如果达不到50%，我只拿我做的业务利润的20%，设备和其他业务利润与我无关，这样比较公平，你觉得呢？"我笑着说。

"老板，来两瓶啤酒。"洪海洋笑着对老板喊道。

我们就这样简单愉快地决定了合伙做公司的事。

两个月的剧组生活，对于忙碌的我来讲，一晃就结束了，决定合伙开公司的事，我和洪海洋却没有跟剧组的任何人说起，大家各司其职，每天都认真工作。直到拍摄工作结束，我们都是各自职位上努力优秀的一员。

回到北京时，已是初秋，急性子的我们一天都不想休息。

我们先圈出了适合做影视公司的区域。洪海洋说北京的东边才是娱乐文化产业基地，影视公司基本都在东边。我们要做同行的生意，得离同行近，要不人家都不愿意来试机器。运输器材需要箱车，城内箱车是进不去的，也过于堵车，再加上房租问题，我们选择在东五环附近寻找办公地点。

确定好区域后，我们开始每天疯狂看房。还好，洪海洋有车，不至于太过奔波，无论是秋季的雨天还是秋季格外晒人的太阳，都阻挡不了我们看房子的热情。

与此同时，洪海洋安排了代办公司办理注册手续。

看房没有想象的顺利，不是房子太贵，就是地方太远，找房成了眼下最棘手的事。经过了半个多月的看房无果后，洪海洋接到了一个朋友的电话，说是有个小区比较符合我们的要求。

我们按洪海洋朋友所说的来到了东五环边上的一个像别墅一样的小区，说它像别墅，是因为它确实不是别墅区，但里面的住宅都是统一的二层独栋小楼，小楼外面刷着淡黄色的漆，走近小区才看到门口的石头上刻着小区的名字——"孔家楼村"。保安告诉我们这里是新的模范村，我们说明来意，保安便打开小门让我们走进去看房子了。

小区静谧而安逸，没什么杂乱之人在外面走动。家家户户的院子里都种植着蔬菜，还有挂满红石榴的石榴树，偶尔也能看到有的楼前挂着某某公司的铜牌。小区并不大，我们没花费太多时间就逛完了整个小区，终于在最后一排的玻璃上，看到贴着一张打印着"出租"字样的A4纸，洪海洋赶紧拨打上面的电话号码。

电话沟通后，得知房东就在这个小区内，他自己住一套，另外出租这套。我们就在原地等着房东过来开门。

在等候房东的时候，我们已经仔细地把小区的交通和房子大小分析过了，都是十分符合我们需求的，包括自带的院子，也是整理器材需要的，门口车道足够宽敞，方便装卸。

房东到达时，我们刚好分析完毕，似乎已经认定了这里就是未来的办公地了。房东是个60多岁的男人，十分友善，穿着睡衣睡裤就过来带我们看房了，就像认识很久的邻居大叔。

房东边开门边说："这个啊，本来是给我儿子住的，但是他非要去东二环租房子住，死活不愿意在这住，嫌上班太远，我这才想把这儿租出去。"

走进房门就可以看到楼梯直通二楼，房门的左边是客厅，除此之外还有两个卧室，一个洗手间，一个厨房，单层大概是一百平方米的样子。二楼是一模一样的格局，没有任何家具，四白落地的房间很快就看完了。

走到院子时，洪海洋和我对视了一下，都很满意这个简单干净的房子。

"您这房间还挺干净的。"洪海洋跟房东说。

"那是，我这可没往外租过，这是头一回，就这我还让人新刮了一遍大白。"房东有些炫耀地说着。

"一看您就是讲究的人，咱北京人就是仗义。"洪海洋开始跟房东套近乎。

"小伙子，你也是北京的啊，我说听着话这么地道呢。"房东笑着说。

"我这不是创业吗，家在西边儿不合适，就来东边儿寻摸来了。"洪海洋答道。

"创业好啊。怎么样，咱这房子合适吧？"房东主动问洪海洋。

"你还别说，东边儿看了这么多房子，就您这房子合眼缘儿，一看就是福儿。"洪海洋继续夸赞房东。

"小伙子，咱爷俩有缘啊。这房子租你了，说真格的，来看房子的也不少，我也不愿意租外地人，没遇着合眼缘儿的。"房东说得很真诚。

"哎哟，谢谢您了。您看，这房租能不能商量商量，毕竟我这刚创业，压力还是有点儿大。"洪海洋试探着问。

"你啊，跟我儿子也差不多大，也是北京人，我也就当支持支持年轻人了，原来是10万一年，大爷给你抹5000，一年95000。"房东爽快地应答。

"您这太仗义了，我得好好让这5000块钱发光发热，那就这么定了，明天我来跟您签合同？"洪海洋说。

"就这么定了，明天上午10点你给我打电话，咱们签合同，交钥匙。"房东说完，高兴地哼着小曲就走了。

目送房东走远后，我和洪海洋在院子里开心地跳了起来。因为，之前我们在这附近找的同等面积的房，均价都在20万以上，虽说这里不是产业园区，但对于我们，这独立的两百多平方米的房子已然足够了。

三天后，公司顺利注册成功，作为法人代表的我将公司取名为"北京如鱼文化有限公司"，寓意如鱼得水，也因为曾经项北说的：他们家池子小养不了我这么大的鱼，所以没有比这个更合适的名字了。

因为洪海洋家中有事，等不及他来帮忙的我，独自将刚取回的公司铜牌挂在办公室门口，虽然没有挂牌仪式，但那天的太阳尤其耀眼。阳光洒在铜牌上，闪闪发光，于我眼中，更像是一面高举的战旗。这面战旗，是25岁的我的新起点。

20

洪海洋将招聘来的两个设备维护的员工带来公司，两个十八九岁的大男孩，瘦瘦高高，发型类似流川枫的不爱说话，留着寸头的话很多。相同的是，他们的眼神里都充满着生机，就这样，仅有四人的公司正式开工。

洪海洋说，一楼的卧室做男生宿舍，二楼的次卧，是我的宿舍。家在北京的他就不跟我们挤了。因为设备维护工作经常跟剧组对接，会工作到很晚，必须要有宿舍。这样也能适当降低些基本工资，与设备相关的管理和财务工作都由洪海洋全权负责，所以这些我都会听他的安排。

为了节省成本，我提议，办公用品去二手市场淘淘看，洪海洋也很赞同。于是，北京的二手市场几乎被我们逛遍了。楼上楼下的办公桌椅、带锁的铁皮柜、会客室的黑色皮沙发、茶几、宿舍的上下铺，等等。所有办公家具都是我们四个人从二手市场淘回来的，全部布置完成，只花了5000块左右，看着满屋子归置完毕的战利品，我们第一次有了合作的成就感和干劲儿。

所有的准备工作完成之后，洪海洋开始忙碌于和表哥介绍的设备公司谈租赁合作，也到处打听哪里采买设备更划算。而我除了在朋友圈广而告之我的新业务，也给我认识的所有同行逐一电话沟通业务，至于我的影视公司计划，只能暂时搁置。毕竟不能辜负洪海洋的信任，当务之急，是要先通过设备租赁业务赚钱生存下去。

万事开头难，而做一个自己不是科班出身的事情更是难上加难。

以前拍戏，天天看着这些设备，却从没有深入了解过，而今天要推广这些我不了解又这么贵的物品。从十五岁就有销售经验的我，在给自己做了"广告"之后，便开始思考合适的推广思路。

虽然洪海洋说我不需要懂得设备细节，可是，对于我而言，要么就不做，要做就必须要做好。而一个好的销售怎么能不了解自己的产品呢？只有了解，才可以给客户推荐适合他的产品。虽然今天销售的不再是橱柜，也不是生活用品，但我相信这个道理是通用的。所以，我必须用最快的速度掌握产品内容。

什么品牌的镜头配什么品牌的摄影机？镜头又分为多少种型号？不同品牌的镜头和摄影机的优缺点和特质是什么？与之配合的后期制作差别及难易程度是什么？此时全球最新、最顶级的设备是什么？可以达到什么效果？尽管不会有剧组会租赁顶级设备，但是更多掌握行业最新信息会让客户觉得你更专业，因此更信赖你，这无疑是为销售增分的。

一个电视剧组需要租赁的设备是以百万元起步计算的，曾经的销售经验告诉我，越是昂贵的产品，在销售时就越在意细节和服务。所以，我必须让每个客户感受到被重视，不是那种千篇一律的问候和推荐，而是定制式的问候和回访。

除此之外，小川的工作室经验也提示我，想要更多业务，就需要更多合作伙伴。也许，我可以将客户逐渐变成新的合伙人，薄利多销，设备不停运转，才能让公司良性运营。

厘清思路后，我每天要求洪海洋给我讲解他所懂得的设备知识。我也会跟负责设备维护的员工学习很多机器维护方面的知识，又打电话请教后期制作的朋友，了解不同设备和后期的配合。

我从最初的摸不着头脑，到经常会站在客户角度思考。平时我也会问一些洪海洋没考虑过或者答不出的问题，他只好先寻找答案再告诉我。如果每个人都有不同的天赋，我的天赋可能就是很好的记忆力，基本洪海洋给我讲过一次的设备知识，我都能记得住。而我主动提问的学习态度，经常被洪海洋开玩笑说："陈卓，我觉得你不是要做业务的，更像是准备去摄影组工作的。"

逐渐地，我从含糊不清地应付客户问题，变成了反问对方拍摄的影视作品类型，针对他们的实际需求，我能够准确推荐性价比合适的设备。低迷时期，我总愿意相信那句"越努力越幸运"的心灵鸡汤。就这样，我在进行了不知道多少次的业务沟通后，迎来了公司的第一单租赁业务。此时，公司营业已近三个月。

按照行业惯例，在签署设备租赁合同之前，剧组都是需要安排专人过来试设备的，试设备的前两天，洪海洋忽然问我："你有把握他们肯定签合同吧？"

"有把握，我和这个制片主任认识很久了，怎么了？"我反问。

洪海洋眉头微皱，说："我在想，如果有把握的话，我就买个他们用的摄影机，其他的镜头和配件我们跟别的公司租过来，这样这部电影就算是赚了一台摄影机了。如果咱们什么都没有，全是租的，也赚不了多少钱，等到下次也还是没有自己的设备，而且原来咱不就说用利润滚雪球式壮大吗？！"

"嗯，是有这个问题，那按你说的先赚一台摄影机出来。"我很赞同洪海洋的想法。

第二天洪海洋就抱回公司第一台崭新的摄影机，我们四人特意和摄影机合影纪念，记录下属于"如鱼"的历史时刻。

我将照片洗印出来，放入办公桌的木纹相框内，照片上的我们笑容灿烂。

第一单租赁业务顺利签约后，大家对公司的未来更有信心了。

也许是第一单带来的好运，也许是此前近三个月的时间，我一直与所有潜在客户的沟通铺垫起了作用，租赁业务开始一单接一单地来了。我们沉浸在这应接不暇的成就感中，随着业务量的不断增长，公司又陆续扩招了6名设备维护员，而每次的利润又全部用来购买新设备。显然，此时的办公地点已经有些不够用了，还好一年的租期还剩不足两个月，刚好是时候寻找新的办公地点。

距离原办公区5公里左右的地方，房屋中介帮我们找到了一个新建好的文化产业园，面积是以前的两倍多，可房租却是以前的4倍，这一次我和洪海洋产生了意见分歧。

我建议，先在原办公地再多租赁一个同面积的房屋，这样既可以解决办公面积不够用的问题，又可以节省很多房租。中介推荐的文化产业园的租金成本，对于一个运营一年的新公司压力过大，而且是毛坯房，这个面积的装修费也是很大一笔开销。我们不该按最好的市场形势做发展规划，而且近90%的租赁业务都是我的资源，我没办法保证未来像今年一样快速发展，尽管我依然会非常用心推动租赁业务。

而他认为，我们已经突破了最难的走进市场这一步，未来发展一定会越来越好，要想得到更好的发展，必须要大刀阔斧向前冲，不应该太悲观保守，更何况现阶段不仅仅是解决面积是否够用的问题，也需要更好的公司门面。

最后，我还是认可了洪海洋的想法。因为最初合作分工时，就定了他来负责处理这些问题，我只会给出我的建议和顾虑。尊重并信任对方，是我认为必须要有的合作精神。

签订了新办公地的租赁合同之后，装修人员开始每天作业。为了省钱，我们自己采买性价比合适的装修材料，进行最简单的装饰和改造，之前一直担心装修时间过久，会耽误搬迁，结果居然提前 10 天完成了装修。就这样，"如鱼"从一个静谧安逸的住宅小区，搬到一个文化公司聚集的产业园。

由废旧厂房改造的产业园区被开发商粉饰得充满文艺气息，保留了原有的红砖外墙，将正常尺寸的窗口扩成原来的 2 倍大，不仅采光更好，造型上也更适合 5 米高的举架。

窗框被涂成了奶白色，与通体玻璃的房门门框同色，巨型变形金刚和抽象雕塑在园区的公共区域随处可见，便利店、咖啡厅、特色餐厅等服务设施满足了大家工作期间的全部需求。所以，抛开资金压力，这里确实是更理想的办公地。

室内软装都是网购的，房子近一半的面积用钢结构隔成了两层，隔出的二楼有两百多平方米的面积，分成不同大小的房间，用于做宿舍和分区办公，一楼用来储存及调试设备，"如鱼"更像一个公司了。

如洪海洋所言，我们的业务量持续增长，设备也随着利润增长逐渐变得更多，眼前一片欣欣向荣的景象。

　　搬到新址后的第 3 个月，已进入冬季。

　　很少下雪的北京，这一天竟然飘起了颗粒状的雪花。

　　午饭后，我刚回到自己的办公室，手机铃声就响起了。

　　"喂，您好，请问您是哪位？"我以工作状态接通了电话。

　　对方没有即刻回应我。

　　"喂，您好，听得到吗？"我以为信号出了问题。

　　"你是陈雪吗？"一个中年男人的声音问道。

　　我愣了一下，除了家乡的父母和亲戚没人会称呼我这个名字，离家太久，都快忘了曾经的自己。

　　"嗯，我是，你是谁？"我警觉地问，心中隐隐有一丝不安的感觉。

　　"我，我是穆杰，你听过吗？"中年男人弱弱的语气，显露了不自信。

　　"不知道，你怎么认识我？有什么事吗？"我更觉不安。

　　"那个，我是你亲生父亲。"说到这里，他停顿了一下。

　　"亲生父亲"这四个字瞬间将我刺痛。

　　"我是问你以前的小学同学小玲要的你电话，她婆婆家是我邻居，后来知道你俩上学时候玩得最好……"他继续说道。

　　"你找我有什么事吗？"我打断了他的话。

　　"嗯，听小玲说你现在在北京，也不怎么回来。我想，你要是方便，过一阵我去看看你？"他用试探的语气说明了自己的目的。

一个没有预兆的电话，一个陌生却无法拆解关系的人，一个令我不知所措的问题，我总是习惯掩饰激荡的内心，用平淡的态度应对一切。

"为什么要看我？我又不认识你。"我淡淡地问。

"前一阵，你亲妈联系我，让我找你，她想看看你，要是你方便，我带她去看你……"话语间连续的吞咽口水声，使他显得更加紧张。

曾经我最想知道的答案，此刻就在电话的另一端，一切来得太突然，和我预想的功成名就时，再去找他们"复仇"的情景完全不同。虽然心底有一万个理由不想和他们有瓜葛，却因为一个十几年强烈的好奇心而妥协，如此强烈的好奇，只是简单的我想知道他们的样子。

"好，你们一起来吧，定好时间提前告诉我，我会把地址给你，但见面的前提是，你们不可以和任何人讲，否则就不要见了。"我被好奇心牵引着同意了见面。

"放心，放心，肯定不跟任何人说，我订好票就告诉你。"他激动地连忙答道。

"好，我还有事，挂了。"我没等他的回应就匆匆挂断了电话。

电话挂断的一刻，我的心脏后知后觉地开始加速跳动，想哭的情绪也跟着出现，但我不会允许眼泪流下来，因为不值得为不重要的人流一滴泪。

最初得知身世跌入深渊的我，决心改名不再让他们找到自己的我，励志要成为强者来报复他们的我，因为自卑的身世而和父母疏远的我，因为害怕欺骗与人保持距离的我，这些个"我"，早已在忙碌顺利的工作中被我遗忘。因为一个陌生来电，就让我将最想忘记的过去全部记起，清晰深刻。

21

果然，每次我觉得不过如此时，生活总会给我意外"惊喜"。

在接通陌生来电的 3 天后，"惊喜"如期而至。

他们按我们之前沟通的短信内容，准确找到了我正在办公的"如鱼"公司。

是的，我是刻意让他们来这里找我的。虽然现在还不是我认为的成功，但应该足以让他们后悔抛弃那个当初无法生存的婴儿。

此时，我已在办公室将自己爱喝的茉莉花茶泡好了。

门外传来几声清脆的敲门声。

"请进。"我并没有主动起身去开门，而是坐在办公桌的转椅上。

门被轻轻推开，门口站着一男一女，男的神情严肃，眉头微锁，看起来 50 岁左右的样子，穿着一身黑色长款羽绒服，黑色长裤，黑色运动鞋。由于秃头，可以清楚地看到他的额头连到头顶处，有一道长长的刀疤，搭配他凌厉的眼神，让人看了就觉得不像好人。女的虽然面带微笑，眼中却泛着泪光，她皮肤白皙，面容甜美，妆容得体，浓密的长发梳成了松散的低马尾，使她看起来只有四十多岁的样子。她浅棕色的羊驼大衣和白围巾给人更多温和的感觉。

"进来坐吧。"我指着办公室的黑色会客皮沙发说。

"嗯，好。"女的笑着应答，声音和她的长相一样细柔。她先走进屋内，坐在三人沙发位，男的随着她进门，坐在了她旁边。

"这是刚泡好的茉莉花茶，喝吧。"我边说边将倒满的两杯茶放在他们面前的茶几上，并且尽量保持镇静，用招待客户的流程招待着他们。

"没事，你不用忙，快坐吧。"女的赶紧接话。

我坐在了他们左侧的单人沙发上。

"说吧，你们找我什么事？"除了这个，我已经没话再说了。

"没什么事，就是很想你，想看看你过得好不好？"又是女的回答我。

"谢谢，我过得特别好。公司开了一年多了，发展得越来越好。"我第一次用这样炫耀的方式和别人说话。

"真好，你太能干了，怎么这么优秀啊。"女的感慨地说着。

"没有别的事了吧？"我不想配合她的煽情，用平淡的语气问道。

"有，我还想跟你解释一下当年的事。那时候你小，什么都不知道。"女的连忙说。

"我什么都知道。我妈跟我说过怎么回事，如果你想说，我也可以听听。"我确实很想听听她找什么理由抛弃自己的孩子。

她深吸了一口气，准备讲述一个长长的故事给我。

"我19岁怀的你，那时候也没有领结婚证，你快出生的时候，他就跟别人好了，我爸妈在我小时候就离婚了，没人管我，我也没人能商量。把你生下来之后，你亲奶奶说，让我别走，他肯定会回来的，但是我那时候太小了，接受不了。所以，等你满月之后，我把你喂饱哄睡了就偷着走了。那时候，你奶奶住东屋，我住西屋，我跟你奶奶说我出去上厕所，然后就走了……"

她从口袋里拿出纸巾，擦拭着眼泪。

有好几次，我曾在梦里见过一个看不清样子的女人牵起我的手，那双手和正在擦眼泪的她的手并不同。

"我以为你奶奶肯定会照顾好你，我没想到他们把你……"

她停顿了一会，平静一下情绪，又继续说道："我走的时候，把我的手表和50多块钱都留下了，我就那点值钱的东西。我当时想，先出去打工赚钱，有能力再回来接你，可是一年后再回来，他们说你在别人家了。邻居也说你在新家过得很好，我不信他们说的，我去找过你的。你太小，肯定不记得，我去看你那次，你养父母说，因为我不知道情况，所以这次让我看你，但是以后绝不能再来找你。我看他们对你很好，也就放心了，我也怕影响你，就没有找过你，想着你大了能接受的时候，我再看你……如果我有一点能力，当时绝不会扔下你不管……"

说完这些，她已泣不成声。

听着这些，那个一直没有说话的男的，也早已泪流满面。

摆放在他们面前的水，也没人喝一口。

我静静地，看着这两个陌生人在我面前泪流满面，却无动于衷，有些瞬间在我的眼中变成了无声的慢镜头，就像看一场精彩的表演。

眼前的一切，和我想象的完全不同，我以为我会歇斯底里地大声指责，或者伤心绝望，脆弱到忍不住眼泪，然而没有一点儿剧情是和此刻沾边的。此刻的我，只想置身事外，我的自我保护机制悄悄启动，就像最初走出困境的我，把这些当作是别人的故事，而我只是个看故事的人。

我和他们并不像，眼前这个柔弱女人的状态更和我一点不像，我甚至庆幸他们最初对我的抛弃。我一点都不想成为他们的样子。

"如果是我，再难，我也不会抛弃自己的孩子。"我还是忍不住要表达自己的观点。

总有人听得懂你的潜台词，也总有人你怎么说都不明白。

不重要，反正最重要的不重要。

久久未开口的男人，终于说话了："把你送人的时候，我不在，我不知道，如果我知道，肯定不会同意。你奶奶自己照顾不了你，她定的。"

看着满脸泪痕的男人，我心底燃起一丝怒火，却面带笑意地说："不是送，我爸妈是给了钱的。"

"还要了钱？"女的很意外。

"嗯，500 块。"我回答她。

果然，唯有谎言最真实，且永恒不变。

他说他不在场，他不知情，可是妈妈告诉我当时他是在的。我当然相信妈妈说的版本，眼前这个男人，应该只想给自己找个可以面对我的理由，我已经懒得揭穿了。

我继续说道："其实没关系，我非常感谢你们不要我。不然，我可能都活不到现在，如果不是你们，我没有办法遇见最好的父母，也感受不到被爱被保护。你们也不用流泪，你们不是失去我，因为你们从来没有拥有过我。今天我同意见面，不是想和你们有什么瓜葛，只是想满足我自己的好奇心。现在我都清楚了，就没什么可好奇的了。"

"以后，我还能和你联系吗？"女的试探地轻声问道。

我不说话，她赶紧补了一句："你放心，我不会经常打扰你的。"

我冷眼看着他们，说道："没什么可联系的吧，还在我是个婴儿的时候，应该是最需要你们的。但是可惜，你们不在，我现在生活得很好，什么都不需要，如果你们觉得不舒服，我只能说抱歉。人都是要为自己的错误买单的。今天我可以用这么好的态度接待你们，是因为我父母教我对人要礼貌，这是一个人的基本教养，不代表别的。"

我再也不用为难自己，问那些没有答案的问题了。

藏在心底的好奇，今天全都有了答案，但我不仅没有觉得轻松，竟然还多了失落的感觉。这十几年，我一直与这些过往相互纠缠，每次遭遇艰难的事情，我都用仇恨去鼓舞自己：只有成为一个优秀的人，才能去找到抛弃我的人，去炫耀、去报复，而一切就这么平淡地结束了。

不记得那天是如何散场的，但我确定，我依然保持了该有的教养，安排了公司的人带他们吃了饭，给他们订了酒店。第二天又送他们去车站，一切井井有条，似乎他们只是久不联系的远房亲戚。

见完这两个"陌生人"之后，我第一时间给远在家乡的妈妈打了电话，很少说想念的我，亲口告诉她我想她了。

如果，每个人来到这个世界有自己的使命，在此之前，我一直以为，复仇或者自我证明是我的使命；但在和这两个"陌生人"的对话中，我才发现，我的使命应该是用尽全力回报父母的爱，就像他们无私地给我第二次的生命一样。只是不够聪明的自己，被仇恨牵引，无法看清真相。

这样的年轻和鲁莽是人生必经之路，谁也无法避免。看着生父生母恋恋不舍地上了火车，我突然想起《海边的卡夫卡》中的孤独少年，和曾经的我何其相似。

"当你独自穿过暴风雨，你便不再是原来那个人。"是的，我终于可以彻底和过往说再见，不再为此纠结。

此后，我和生我的那个男人没有任何联系，他的行为不可原谅。但出于同情心，偶尔会回复那个女人发来的问候短信，但是更多时候我是不会回复的，因为这样的互动，只会提醒我想起让那些讨厌的旧事。何况，这只是她想让自己更好受而已，并不是对我的好，我坚信如此。

我更不想有背叛父母的感受，靠近他们也是对父母的背叛，我这样觉得。因好奇而见面的经过，我也会告诉父母，但不是现在，我还没想好怎么说，很怕让父母伤心，误会我想和抛弃我的人相认，可是也不想隐瞒。所以，我要寻找合适的时机，坦白我曾经的好奇。

他们的出现，就像平静的湖水被投掷了一颗巨石。然而，再大的石头激荡起的水花，也终究会消失，当巨石沉入湖底，甚至无法激起一丝丝涟漪。

22

时间过得很快，公司成立已近三年了。这期间我通过朋友的介绍，顺利融资，将人生中第一部电影拍完，也赚取了自己的第一桶金——65 万元。经过这段时间的沉淀，我遇见了新的自己。我也不再是为了那句"我们家池子小，养不了你这么大的鱼"而赌气证明的幼稚的自己。相反，我很想谢谢项北一家人的提醒，我才会自己创业。

与此同时，租赁业务也越来越好，自从和那两个"陌生人"彻底再见之后，我的人生也再没有阴霾了，一切都变得异常顺利。

当一切都向好的方向发展时，我和洪海洋之间也因对经营理念的不同，发生越来越多分歧。

140

比如，他总是想要采购更多设备，而我则认为设备更新迭代很快，加上目前的资金状况，不能冒进；他希望招聘更多员工，以备业务繁忙时人手不够，而我觉得应该避免人员臃肿，控制成本；我时常接到客户投诉电话，说售后服务跟不上，态度不够好，甚至专业性不足，而洪海洋却漫不经心，他认为怎么做客户都不会满意的，不可能让所有人满意；我建议洪海洋要求员工学习更新的技术，也要奖罚分明，大家才会更进步，而他认为差不多就可以，不要搞形式主义……

虽然我们理念不同，但我知道我们的初衷都是为了公司更好。我一直觉得，没有信任就没有生意，所以当洪海洋说，提前采购设备进行租赁更赚钱的时候，最初只负责业务的我毫不犹豫地拿出拍第一部电影赚的 55 万元进行资金周转，只给自己留了 10 万在口袋里。

在公司成立三周年的那天，我决定与洪海洋谈一下公司设备的规划：每年利润的百分之几用于继续采买设备，百分之几用来作为我和他的利润分红，以及员工的奖励，等等。当然也需要统计清楚库房设备，与其他设备公司的合作细节，一切应该更清晰有序地发展。当我把这些问题说给洪海洋时，他的答案让我很意外。

"你说这个都不现实，现在是不赚钱的，怎么分红？"洪海洋的语气带了些许讽刺。

"怎么会不赚钱呢？业务量涨了这么多，基本都是我的客户，我清楚的，每次签合同时，你都说是赚钱的，怎么现在又成了不赚钱了？"我不理解。

"赚的钱不花吗？所以哪有利润分啊？"洪海洋反问我。

"OK，好，但其实设备也是公司的利润，是赚回来的嘛。之前的利润就都是设备，后面就不要像之前了，利润不能都买设备，要有规划。"我说道。

"你做我女朋友吗？要结婚的那种。"洪海洋忽然跳转话题。

我对他前言不搭后语的问话有些不高兴，我说："能不开玩笑吗，我跟你说工作呢。"

"我一直喜欢你，虽然我没挑明说，但你肯定是知道的吧？"洪海洋盯着我说道。

最初认识时，洪海洋很热心地给我建议，介绍工作，包括主动提议一起合作设备租赁。我一直以为他只是把我当作很好的朋友，尽管他一直没谈女朋友。

"我知道，但那只是好朋友的喜欢，我对你也是好朋友的喜欢。"我想让他明白是他自己理解错了情感。

"你是，但我不是，要不我为什么老帮你，还要和你合作。我怎么知道你有拉业务的能力，你那么聪明，自己不想想吗？"洪海洋语气有些激动。

"我以为你当我是朋友，我以为恰巧都想做事，那为什么不能和好朋友一起做事？！"我解释道。

洪海洋依旧追问让我觉得尴尬的问题："好，以前你不知道，现在你知道了，做我女朋友行不行？"

我想赶紧把话题拉回工作上，我说："我一直当你是好朋友的，这个改不了了，所以我们可以是一辈子的好朋友。这话题咱们不聊了，好吧？"

"那行，我还有点事，我先走了。"洪海洋边说边开门离开。

我独自坐在办公室，无所适从。

本来好好的一个工作规划，怎么就这样尴尬收场了呢？

之后的几天，洪海洋都没有出现在公司，我以为他觉得尴尬，可能过几天就好了，可事情永远比我想的更复杂。

洪海洋出现的第一件事就是跟我摊牌。他将我办公室的门关上，顺势坐在离门最近的沙发上。然后开门见山地对我说："我这两天考虑了一下，咱们就不合作了，设备也赚不了钱，事情还挺多的。"

"我看过公司的账，是赚钱的，只不过利润用来买设备了，现金流不充足。"上次洪海洋说不赚钱时，我就查看了下之前的工作记录。

"不管怎么说，我就是不想继续做了，我觉得挺累的。"洪海洋的脸上写满了不高兴。

"好，我理解，最初说合作的是你，所以今天你说不合作，也没问题。那我们就把利润和设备分一下好了，我不强迫你一定要合作，我们还是朋友。"我希望好聚好散。

"你想怎么分？"洪海洋问。

"就按最初的约定，我的业务量达到 50% 以上我们五五分，所以设备和利润我们一人一半。"即便我的业务量远远超出 50%，我依然愿意遵守最初的约定。

"一人一半可能不行，我为了弄这些还借了不少钱，咱们三七分吧，我七你三。"洪海洋迅速否定了最初的约定，显然提前就准备好了条件。

"那可能不行，现在的业务 90% 都是我的。而且，我还进行了资金周转，垫资买设备，这些都是最初约定没有的内容，但是为了公司的发展，我愿意付出。你不能忽略约定和我的努力。另外，我所知道的是业务越来越大，设备越来越多，至于你为什么说不干就不干了，为什么会欠别人钱，我都不清楚。不过，作为朋友，我愿意退步，你六我四，这是我的底线，你考虑一下。"他不负责任地说要放弃合作，又忽略了我的付出，我依然顾及朋友情义，做了如此让步。

"好，那就这样，我六你四，这两天我安排他们清算一下设备和利润，正好房租还有一个月就到期了，我就不租了，你想租就继续租。员工都是我招聘的，所以肯定都是跟着我走。当然，你也可以问问他们愿不愿意跟你继续工作，有愿意的，我也不拦着。"洪海洋冷漠地说道。

"你招聘的你都带走，没关系，以后有人找我租设备，我依然可以介绍他们去找你。你看看，这两天安排他们核算一下吧。"

"那行，我先走了。"

洪海洋离开后，我一个人在办公室坐了很久，我无法理解他突然的变化，像是一个我不认识的人。以前那个热情仗义的朋友，被一个自私冷漠的人取而代之，而我也不曾想到这是我和洪海洋的最后一次见面。

　　还好，设备租赁并不是我的主业，只是误打误撞听从了洪海洋的建议选择的合作，这是唯一能缓解情绪的理由。

　　就在我找到缓解情绪的支点时，另一个我意想不到的情况出现了。

　　上次谈话后，洪海洋又是接连几天不见人，其他员工也开始对我躲躲闪闪，整个公司越来越安静，打电话给洪海洋，总是被他挂断，也不回复我的信息。此时，我下一部电影的投资方刚通过了项目的方案，由于投资方是深圳的公司，所以我必须赶去深圳面谈投资细节，我想先去解决自己的工作，回来再跟洪海洋沟通。

　　我到深圳的第二天下午，洪海洋给我打来了电话。

　　"喂，你老给我打电话想干吗？"洪海洋不耐烦地问。

　　"你为什么老不接电话呢？你不是不想合作了吗？那是不是应该把利润核算清楚，一直不出现是什么意思？"我也带着不满的情绪。

　　"实话告诉你吧，我是不会分给你一分钱的，因为设备都是我投资的。"洪海洋摆出一副翻脸的架势说道。

　　他的这句话也激怒了我，我说："最初是你先垫付的，但是从利润里扣除了成本，并且，我也垫资了。"

　　"扣了成本，不赚钱啊，哪来的利润啊？"

　　"所以，你就是认定了一分钱不赚对吧？好，那我垫资买设备的钱，是不是应该还我？"我想起，我将电影赚的大部分钱都垫资给他买了设备，还没有还给我。

"你这几年住在公司，吃喝也是在公司吧，这些不是钱吗？我给你什么钱啊。"洪海洋一副无赖的口气。

"你不是也吃喝在公司吗？我住在公司是为了工作方便，也不仅我自己住吧？即便你不是天天住，也有你的住房吧？你觉得我得用55万换近三年的吃住，还得白给你做业务员吗？是你疯了还是我疯了？"我再也无法保持平静的语气。

"公司是你要做的，开公司，你不得投资吗？55万多吗？一年房租加上装修得多少钱你没数吗？要真算起来，你这55万还不够呢，不劳而获的事，你觉得合适吗？"他轻蔑地说道。

听到洪海洋这样的评论，我冷哼一声说道："我不劳而获？90%的业务是我的，你怎么好意思开口？"

"陈卓，我记得你以前不是这样的人啊。你现在怎么把钱看得这么重啊？"他略带惋惜地说道。

"咱们谁把钱看得重啊？太逗了，如果你有难处，你直接说，不要这样说话。"

"要不是跟你合作，我自己干得好好的呢。今天我就告诉你，设备我已经都拿走了，咱们两清，以后不要给我打电话了。"

洪海洋说完就把电话挂了，并不给我反驳他的机会。

深圳的投资洽谈进行得很顺利，我处理完后赶紧赶回北京，想验证洪海洋电话里说的是否属实，即便我亲耳听到他说，还是不愿意相信这是真的。

回到公司的我，看到整个大厅一片狼藉，到处是散落的打印纸，歪七扭八的桌椅，被碰倒的绿植……

我跑到一楼的设备库查看，设备库房的门开着，只剩空空的货架，连颗螺丝都没剩。我才明白为什么前两天大家看我的眼神躲躲闪闪，看来洪海洋早已安排他们将设备悄悄转移，而我去深圳这几天就是他们最好的时机。

曾经，这个房子也是空空荡荡，却充满生机和未来。

今日，这个房子依旧空空荡荡，陪伴我的只剩一片狼藉。

事业要取得成功需要朋友，事业要取得巨大成功，需要敌人，而在敌人被征服后，朋友就成了敌人。

在举步维艰的创业初期，我们是可以互相信任互相鼓励的朋友。不知从何时起，"情义"这个词和越来越好的公司发展互为相反，我却毫无察觉。

也许有些问题的出现，是重新认识自己的机会，也给自己突破自我的机会，这样才能成为你终究要成为的人。不到绝境，无法变革，历史如此，人亦如此。

23

生活真的很过分，吝啬到连悲伤的时间都不给我。

还剩不足一个月的租期，我需要再次寻找新的办公地址，继续前进。而我口袋里只剩下 9 万块。

绝境未必逢生，山穷一定水尽。

　　要怎么继续？转了一圈，我似乎又回到了原点，项北让我离开那间房子的夜晚，同样是无处可依，不同的是，我不再那么慌乱，也多了更多的能量和朋友。然而，创业后，我才明白，很多朋友面前，我只能报喜不报忧，这点有点像大部分人对父母的态度，再难，也要维持体面。

　　人们从不愿轻易考验朋友之间的情义。

　　翻看了半天电话簿，我发现只能拨电话给小川。

　　我和小川相约来到一家火锅店消夜，边吃边聊。

　　"他这属于见利弃义，说什么喜欢你，根本不是那么回事。要喜欢早说了，不可能拖到现在，那就是他跟你闹掰的引子，不然他怎么跟你找碴儿？因为你说分钱了，他才开始说不赚钱的，你要不说分钱，他也不会说不跟你合作。你还一直给人家赚钱呢。不过这回吧，也不能全怪你，你俩认识的时间比咱俩都久，确实装也不好装这么久，不过事实再次证明，能骗到你的还真的都是你的'朋友'啊。"小川说完，给我夹了一片刚涮好的鲜牛肉。

　　我唉声叹了一口气："所以啊，难过的不仅仅是钱没了，也失去了朋友，也许没有合作就不会失去朋友。"

　　"你要是这样，以后还是别让外人骗了。我骗骗你，肥水不流外人田，然后我还能给你花点，对不？"小川调侃道。

　　"我看行，如果注定这样的话。"我满脸无奈。

　　小川把我们俩的酒杯倒满啤酒，说道："不逗你了，我跟你说啊，这能失去的就不是真朋友。你不能因为遇人不淑，就这么定义，过去那么难的时候你都过来了，这算什么，来吧，干一杯，就让那个披着'朋友'外衣的敌人再见。明天我陪你找房子，我还存了些钱，你先拿去周转。"

说着小川举起酒杯，看着我。

"嗯，能失去的就不是真朋友。哎，你是真的倒霉，有我这个朋友，没有坏事儿发生总不联系你。"我苦笑着说。

"一样啊，我有难事儿也会第一时间想起你，真正的朋友是不需要天天腻在一起的。君子之交淡如水。行了啊，咱俩就不煽情了，赶紧喝了这杯。"小川说。

"来来来，喝完这杯，还有三杯。"我打趣道。

喝完这杯酒后，小川说道："不过，话说回来，这个事不能就这么算了。"

"是，肯定不能让他这么随随便便欺负了，即便钱要不回来，我也必须让他知道他错了。"我的眼神坚定。

"现在法制社会啊，你可不能乱来。"小川有一丝担心地对我说。

"哎哟，你放心，我能怎么乱来？打也打不过人家啊，再说我也不知道他家在哪，我要搜集证据告他。"我说。

"哎，对，我有个哥们儿，人脉很广，我看看他能不能帮忙。我现在就问。"说着小川就给对方拨通了电话。

"喂，你干吗呢？没事的话过来吃个夜宵啊。我和我一姐们儿一起吃饭呢……嗯，好，我一会把定位发你。"

  小川挂了电话，就用微信给对方发了定位。"咱们等会儿他，一会儿就过来。"

  "咱们都吃一半了喊人家合适吗？"我问。

  "没什么不合适的，他人特别仗义，都是认识很久的哥们儿了，不会挑这理儿。他是搞金融的，跟他两个朋友合伙开了个公司，比较有能力，人脉也很广，我的舞蹈工作室，都是他帮我介绍投资扩大经营的。这可是靠谱上进的北京人啊，跟坑你那哥们儿完全不一样。"小川笃定地说道。

  我不再质疑。

  过了十五分钟左右，一个身着米色长裤，白色 T 恤，长相清爽且优雅的男生走到我们桌边。

  小川先开口对男生说："嚯，你这是真饿了，还是听说我这有美女啊？这么快，光速啊！"

  说着，小川拉开身边的椅子示意男生坐下。

  "你这地方选得好啊，正好我家楼下。"男生笑着说。

  "那还是陈卓会选地方。来，我给你们介绍一下，这是陈卓，我最好的姐们儿，这是秦朗，我好哥们儿。"小川介绍着。

  我和秦朗点头微笑，还没等说话，小川说道："你先抓紧吃两口，这边是刚点的，我们还没动呢，你边吃我边给你介绍情况。"

  秦朗笑着说："也行，我正好饿着呢，就不客气了啊，我吃着，你们说着。"

  小川趁着秦朗吃饭的时候，把我的事情一股脑儿全都讲给了他，等着他给出主意。

秦朗拿起纸巾擦了擦嘴，说道："嗯，我基本听明白了，你们之间没有任何合同，都是口头约定，所有钱也都是他通过私人账户操作，这样的话，你基本没有证据，全凭良心。所以对方才敢不顾你的态度，把设备拿走，因为你是被动的一方。现在只能试试，你回公司看看能不能有什么关联证据，然后我再给你介绍我的律师朋友，看看能不能提起诉讼，如果证据不足，可能都无法立案。"

我接话道："我那天看了办公室，还有一小部分和剧组签的合同，可能是他们忘了拿的，不知道这个有没有用？"

"这个现在我也不好说，明天你把这些合同整理出来，然后你联络我。我给我的律师朋友看看，咱们再定下一步怎么做。"秦朗回答我。

从不愿意轻易麻烦别人的我，初识秦朗，就开始麻烦他。

"嗯，好，不好意思啊，初次见面，就给你添麻烦了啊。"我说。

"没事儿，都是朋友嘛。"秦朗说。

"对，不用跟秦朗客气，他很乐意给美女帮忙，哈哈。"小川笑着说。

我们在说笑中结束了夜宵，初识秦朗，却有久违老友般的亲切感。

第二天，我将仅剩的九份合同整理出来交给秦朗。秦朗说，律师需要几天仔细查看合同，以便给我最好的建议。

在此期间，我开始寻找新的办公地，为了搬家方便，也因为熟悉，我依然选择在这个产业园内寻找新址。在原办公室前两排楼的最靠右的位置，我找到了一个 130 平方米左右的办公室，我迅速和房东谈好租金，定下这难得的小办公室，因为办公室面积小，且位置略偏，采光不足，所以每年租金 14 万元，再加 1 万块的押金，我需要一次性交付房东 15 万元。

只剩 9 万元的我，本想向小川借 6 万元，凑齐 15 万元把房租交了，等深圳的投资款进来，就能缓解后面的运营问题了，但小川坚持借给我 10 万元，多出的 4 万元让我留作生活用。

对此，我入心的绝不是钱的数字，而是内心生出的无限感动。

由于之前有过租客，所以新的办公室还留有些基础装修，不过也只是保留着白色瓷砖的地面，四白落地的墙壁，磨砂玻璃的办公室房门，仅此而已。我决定将原来办公室装修买的吊灯和其他软装搬过去。

因为两个公司之间距离很近，也为了省钱，我从园区门卫处借了辆电动三轮车，自己搬家。白天园区门卫用车，不方便长时间借给我，我就用来整理物品和睡觉，等到夜晚再借车搬家，用完车充好电早上还给门卫。

一个人搬家的夜里，顾不上害怕，经常不知不觉就看到天边的太阳升起，才惊觉，太阳的升起和落下的景象相似到难以辨别。

真的是破家值万贯，搬家才发现需要的办公物品之多，能

152

自己挪的我都自己挪了，最后剩下大件的沙发、柜子、冰箱之类的，实在没法自己搬。我才极不情愿地找了搬家公司，帮我运到新办公室的指定区域。

看着物品无序地堆满房间，虽然狼狈，却也让人踏实，毕竟这是完全属于自己的领地和家当。

由于新办公室还没有整理出可以休息的地方，我需要在原来的地方再住一晚。这一晚，感触颇深。

我的视线内，是被搬得空空的房间，没有窗帘，没有沙发，没有电视……只剩一个挂着没晾干衣服的架子，一张双人铁架床，床上只剩一个床垫铺在上面，枕头之类的都搬走了，连睡衣和被子都忘了留给还需要再住一晚的自己。

我蜷缩在床垫上，让自己的身体有了合适的归宿，昏暗的光源配合着此刻萧条的气氛，房间的吊扇灯也被我拆去安到了新的办公室。还好，有一盏廉价的小台灯可以照明。

疲累的身躯，放空的灵魂，躺在同一张床上，同一个房间内，感受却那么不同……许久未写日记的我，忽然想写下点什么，我打开手机备忘录，写下了："人来人往，缘起缘灭，都是自然。可以享受，也可以承受。可是生活啊，你要给我多少锤炼，才能成为你想要的，我的样子？"

过了一个星期左右的样子，我已经将新办公室整理得差不多了，只剩擦拭灰尘的工作，秦朗的电话终于来了。我赶紧放下了手中的抹布，接通了电话。

秦朗开门见山地说："喂，陈卓，我律师朋友看完了你所有的合同，因为是剧组和你公司签约的，所以是可以作为证明材料的。你看看什么时间有空，我带你去律师事务所当面聊。"

这对我来说是天大的好消息，我说："我随时有时间，你看看什么时候方便，就带我过去吧。"

"今天太晚了，他们快下班了。这样，明天上午我来接你，你把地址给我，明天我带你去。"秦朗安排着。

"好，我等下给你发地址，明天见。"

挂了电话，我将地址发给他，第二天一早我们就去了律师事务所。我和律师说明事情原委，律师给我梳理案件的思路。从专业角度来看，这属于挪用公款未还，至于利润如何分配，应该是归还公司钱款后再说的事，并且我手机里还有我给洪海洋的转款记录佐证，是完全有机会胜诉的。但是只能用我手中已有的9份合同来诉讼，其他我说的很多设备因为没有合同无法证明。

律师提醒我，即便胜诉，也要看对方是否有偿还能力，或者是否愿意偿还，不过毕竟是来自司法的压力，谁也不愿意不还钱当老赖，应该多少也会有些效果。

离开律师事务所后，秦朗看出了我神情焦虑。

"怎么了？金额差太多，你觉得不合适吧？但是没办法啊，只有这几个合同。"秦朗问。

"哦，那倒不是，其实，我能追回自己垫资的钱就很知足了，前面白忙活，就当交学费了。就算一分钱都拿不回来也没关系，我要的是对错，是让他受到应有的惩罚，这样以后他也不敢再随便欺负人了。"我解释道。

"对啊，得让他知道不能随便欺负人，做坏人是要付出代价的，你有这样的决心，怎么还一脸焦虑呢？"秦朗不解。

我有些尴尬地说："也不怕你笑话啊，我现在刚自己租了办公室，已经没钱请律师了，即便律师是你的朋友已经给少算钱了，我还是暂时没办法承担。我想要不我再沟通一下，实在不行再诉讼。而且，我和他毕竟朋友一场，我也不想他做老赖，都还年轻，这样将来就没法发展了。"

"嗯，9份合同加起来的金额200多万，律师费10万。以我对他们律师事务所的了解，确实是不高的，打官司是持久战，刚搬家用钱的地方也多，那你就先沟通试试，不行再诉讼。"

秦朗轻松的语气，缓解了我的尴尬，我决定再和洪海洋沟通一下。

接下来的几次电话沟通，偶尔会有接通，而接通后给我的回应也就是"我没有钱，你爱怎么样就怎么样，不要再给我打电话烦我了"。洪海洋像是知道我拿他没办法一样，没有丝毫的愧疚，反而一次比一次气焰嚣张，可此刻我除了这样的方式，也确实没有别的办法。

我无力缠斗，还是要想办法赚钱，运营自己的电影项目，否则就真的被洪海洋击垮了。我必须要让公司生存下去，还要想办法运转得越来越好，不管是对项北一家人，还是洪海洋，这才是最好的回击方式。

在那之后，秦朗经常出现在我的生活里，小川隔三岔五地也会来看我，但是一个东五环一个西五环，如果赶上堵车，见一面堪比外地朋友的相聚。而秦朗也住东五环，这让我们的碰面更容易，他时常买些水果过来和我闲谈，也会介绍他影视行业的朋友给我认识。那段暗淡无光的日子里，秦朗的出现恰到好处，让我开阔了更多视野。

我逐渐忘了洪海洋的事儿，而我和秦朗也开始彼此越来越多信任和了解。秦朗总是能看出我的为难，却从不拆穿地缓解我的难处。他对人的好，很温暖，且不留痕迹。给人温暖和舒适感是秦朗最突出的性格优势，我慢慢习惯了秦朗在我的生活里出现，仿佛他已经是我生活的一部分。

24

一切趋于稳定时，我邀请刚关了饭馆的爸妈来北京住一阵子。

年少时与父母刻意疏远，等想通一切，懂得相处的时候，我又一直忙于工作，春节回家也最多待一个星期，和父母相聚的时间实在太少。而且，这两次过年回家，明显发现父母似乎老了，后背没有那么挺拔了，这让我想和父母以后生活在一起的想法更加强烈了。以前没有属于自己的地方，总是没办法实现这个想法，现在终于可以了。

我到车站接爸妈的那天，看到妈妈瘦了很多，妈妈却开玩笑地说："你不是说瘦了好吗？"

爸妈看到新的家，十分感慨，他们的女儿居然自己开了公司，虽然只有 130 平方米，却被我布置得温馨明亮，客厅舒适的布艺沙发用来会客，独立的会议室，用来剧组开会时使用，还有一个独立的办公室，里面放着折叠沙发床，也用来做我的卧室。我和妈妈睡在卧室里，爸爸睡在外面的大沙发上，虽然有些拥挤，但一家人在一起就很幸福。

爸妈来北京住的近三个月的时间里，我有了久违的温馨感，那是童年记忆中才特有的家的温度。我在忙碌电影项目工作忘了吃饭时，妈妈总是端着热气腾腾的饭菜，放到我的办公桌边，盯着我吃完，出去应酬不管多晚回家，家里的灯永远是亮着的。

由于正是电影项目开机前最忙碌的筹备阶段，我没安排时间带父母去各个景点转转，都是他们自己坐地铁或走走转转，没几天便转完了景点，他们就在附近溜达，到了饭点回来给我做饭，收拾房间，妈妈从来都闲不住。

这期间，秦朗也和我爸妈混得越来越熟，我妈一度以为秦朗是我的男朋友，并且非常满意，还买了个两米长的"龙凤呈祥"十字绣，说要绣好给我和秦朗结婚挂起来。我越说是好朋友，我妈越坚信是男朋友，她说，她看人的眼光不会错，连很少表达的爸爸都开口说："你这个脾气啊，还就是得秦朗合适。"

后来，我也懒得解释了，他们觉得开心就行。那阵子，我也时常听到我爸给他的朋友打电话说："陈雪现在自己开公司了，也谈了男朋友，都挺好的。"我能听出爸爸的语气透露着自豪，这也让我十分骄傲。这感觉，又像童年时听到大家把我夸奖成"别人家的孩子"。

即使我还远远没有实现给他们更好生活的目标，但他们的眼神却分明告诉我，他们很满足这样的生活，而这种满足与物质无关。

终于，电影的投资款悉数到齐，开机在即，拍摄地定在成都，拍摄周期需要一个半月，也就意味着我要去成都出差一个半月。此时，爸爸在老家的朋友有事情需要他帮忙，他也想顺便回去转转，待上一个多月再回北京。我担心妈妈一个人在北京会无聊，妈妈却说，没事儿，看电视，绣十字绣呗。于是，同一天，我去了成都，爸爸回了老家，只剩妈妈一人留在北京"看家"。

到了成都后，每天忙于各种工作琐事，且多年来，我早习惯了不太和妈妈联络，所以在这一个多月时间，我和妈妈的通话不超过三次，但偶尔会收到妈妈发来的微信，拍了她今天做的什么菜。

秦朗倒是偶尔会去看她。而被工作缠绕的我，经常都是比较敷衍的，偶尔会听到妈妈的咳嗽。妈妈说可能是感冒了，自己买了药，让我不要担心，于是我便又急匆匆回到自己的工作环境里。

后来我才知道，妈妈怕影响我工作，电视机的网络出了问题，导致电视看不成，她也没有告诉我。一个多月的时间，妈妈一个人生活在没有亲人和朋友的北京，这一个多月妈妈的孤单生活，至今想起，都是我无比愧疚和自责的事情。

尽管拍摄难题颇多，也总算一一解决了，一个多月的拍摄时间，对于我来说，很快就结束了，而对于妈妈，我想应该是漫长且难熬的。

回到北京后，我发现妈妈还是咳嗽不止。我很奇怪感冒的时间怎么如此之久，由于我还要忙着处理后续电影的后期制作，爸爸又还在老家，于是，只能让有空闲时间的秦朗带着她去附近的三甲综合医院检查。

后期公司也在我租赁的产业园区内，走路十分钟内就可以到达。下午 5 点钟，我从后期公司刚出门准备回家，便接到秦朗的电话。

秦朗声音严肃地说："陈卓，阿姨我已经送回去了，我还有事就没等你。那个，今天医生拍了片子，悄悄和我说，阿姨的情况可能不太好，需要明天直系亲属过去，医生当面再说。"

我隐约觉得不安，说："啊？医生就没说别的啊，那行，谢谢你啊，我明天去找医生。"

"谢什么啊，对了，医生没跟阿姨说这些，你别说漏了啊。然后，你先别着急。明天，我陪你一起去吧。"秦朗说道。

"哦，好……我知道了，那明天见。"我挂断电话，快步往回走。

虽然心中觉得不安，却也猜不到医生的想法，什么病情需要直系亲属才能说呢？妈妈平时是个感冒都少有的人，身体健康极了，医生却把话说得这么严重……算了，不想了，明天见到医生就知道了。

第二天，秦朗陪我来到了医院，因为医生昨天说过今天直接去诊室找她就可以，所以我们没有重新挂号，直接去了医生所在的诊室。

在一名患者从诊室出来后，我和秦朗敲门进去。

"医生，您好，我是余显华的女儿，昨天我朋友说，您让直系亲属过来。"我说明了来意。

"余显华？"医生迟疑。

可能是每天接触的患者比较多，只说名字医生是记不得的，我赶紧拿出昨天就诊拍的肺部 CT 以及病历本，递给医生。

医生接过一看，说道："哦……昨天的 CT 结果不太好，怀疑肺部有肿瘤，而且可能比较严重，我建议你去肿瘤医院检查一下。"

"肿瘤？"我希望一切只是误诊。

"嗯，这么说吧，这个片子现在看来就是肿瘤，而且比较严重，你最好赶紧去肿瘤医院再确认一下。"医生是肯定的语气。

医生的话，让我不由得吞咽了口唾液，可我还觉得有误诊的可能，毕竟妈妈只是咳嗽，看起来那么健康，怎么能是肿瘤呢。

"哦，好，谢谢您……"我连声致谢后，便离开了诊室。

虽然还没有确诊，可是医生的笃定，令我很慌张，我赶紧平复自己的情绪，毕竟还没确诊，还是有可能看错了的。

路上，秦朗边开车边安慰我说："先别着急，不一定就是肿瘤，现在误诊的也很多，换个权威医院检查一下。再说了，肿瘤也有良性的，不用太慌张。"

"嗯，要找人好好检查一下。"我故作镇定地回应秦朗，但脑子却被海浪层层冲击着，似乎已经无法正常思考了。

内心慌张的同时，大脑也开始搜索，可以帮我介绍权威的医生给妈妈检查的朋友……我想起了徐怀安，那个送我"海洋之心"的导演，曾听他提起过他的家族基本都是医生，只有他"不务正业"地选择了艺术。在举目无亲的北京，我只认识他这么一个有医生朋友的人，顾不得对他的怨念，我赶紧给他打了电话，电话很快接通。

"喂，你现在方便吗？有事要麻烦你。"我的语气着急且严肃。

"嗯，方便，你说吧，怎么了？"徐怀安的语气依旧风轻云淡，自然得像是什么都没发生过的旧朋友。

我深吸了一口气说："……我妈妈被怀疑是肺部肿瘤，你能不能帮我介绍医生确诊一下？"

"这么严重？好，我这就给你安排，你别急，沟通好了我联系你。"徐怀安安慰道。

"嗯，好，我等你电话，拜拜。"我无法放松自己的情绪，挂了电话后，我的眉头蹙起。

秦朗看到神情严肃的我，说道："你打算告诉阿姨吗？"

"当然不能说，不能让我妈紧张。"

"嗯，那你就得开心点，不能老皱着眉头，不然就能看出来了。"

"我知道，现在不是还没到家呢吗，在我妈面前我就不会了，你也不许让我妈看出来。"我叮嘱他。

"放心吧，我肯定不能让阿姨看出来，马上到了，你调整一下心情先。"

秦朗说着，打开了车载收音机，收音机内传来了节奏欢快的电子乐，来缓和我的情绪。

进门之前，我刻意调整了一下自己的情绪，预备表演一个毫不知情的正常的我，不是过分开心，也不是真实的忧心忡忡。每当我需要做那个不是真实的自我时，我都尤其感谢曾经学表演的那段经历，可以让我将生活中的角色切换自如，比如谈投资时，表演成一个胸有成竹的创业者，比如脆弱时，表演成一个强大坚毅的强者，还有，比如，此刻。

我的"表演"，从未失误。这一次也不例外，妈妈毫无察觉。

当天晚上，我就接到徐怀安的电话。他让我第二天上午10点，直接带着妈妈的CT结果去北京医院，他的堂哥正是这家三甲医院的副院长。

如果，每个人出现在自己的生命中，都是有些许意义的，那徐怀安的出现，绝不仅仅是让我感受情感的复杂，更重要的，应该是这次妈妈病情的需要。

第二天，我如约到达了北京医院，在门诊大厅服务台处与副院长碰面，并将CT档案袋交给他。副院长拿出片子简单看了看，神情严肃。

"正好，现在肺部的权威医生在开会。我把片子拿进去给他们一起看一下，你们在这稍等一下。"副院长交代完，便匆匆走向电梯处。

我留在原地，焦急地等待结果。时间一分一秒过去了，已经 25 分钟了，还没有见到副院长返回的身影，这样的等候，是我从没有过的。时间慢得像静止了一样，门诊大厅密集的往来人群，像是慢放的电影画面，伴着不和谐的嘈杂声，让我更觉焦灼。

40 分钟后，副院长终于出现在电梯口，我赶紧跑过去询问结果。

"刚才几个权威的医生都看过了，虽然 CT 片子不是判断肿瘤的最终依据，但根据大家的经验，这个肯定是肺癌，而且是晚期了，你应该早点来啊。"副院长略带惋惜地说。

"肺癌，晚期？"我木然地重复着。

"那还有多少时间？现在需要怎么治疗呢？"我紧接着问。

"这个不好说，晚期已经不能手术了，只能化疗，你赶紧带着患者去北京肿瘤医院。别再耽误了，那里看肺癌是全国最好的。"副院长建议道。

我重复着副院长的话："北京肿瘤医院……"我的大脑瞬间被抽空，腿像是被沙袋坠住了一样，每迈一步，都觉得很沉很费力，似乎坠入了梦魇之中。我不知道，自己是如何离开的医院，一切行为都是靠麻木的肌肉记忆支撑。

"好，谢谢啊，给你添麻烦了。"

一个从来不抽烟的人，怎么咳嗽了一个多月，就是肺癌晚期了呢？晚期，还能活多久呢？化疗，妈妈就会好吗？会不会很痛苦？我现在应该做什么？肿瘤医院，对，我要带妈妈去肿瘤医院，想到这里，我赶紧跑向出租车。

25

可能，因为这里是全国治疗肿瘤最好的医院，这里患者比北京医院还多，老人，中年人，青年人，还有因为化疗而脱发戴着帽子的小朋友……热闹得像是早市，眼前的这些人，有多少是患者家属？有多少是肿瘤患者？他们还能活多久？他们有多少恐惧？我仿佛看到了他们的挣扎和泪水，而死神似乎也凝视着这里。

挂号处排起了长长的队伍，我排在了队尾，随着我不停向前移动，我的身后又排起了长队，我的位置不停地向前变化，唯一不变的是队伍的长度。排了两个小时的队，终于挨到我与挂号窗口对话，居然是一个月后的普通号，在窗口内工作人员的催问下，我选择了放弃，因为我等不了一个月那么久。

离开挂号处，我拨通了徐怀安的电话。

徐怀安经过一番联络，成功帮我安排了3天后的专家号。收到这个消息的时候，我很感谢命运让我遇见徐怀安。不然，我今天该怎么办呢？我轻声向徐怀安致谢，把感激放在心底，但只是感激，就像是旧朋友，或者亲人。

如果这个世界真的有神的话，难道神就是喜欢看人在矛盾与痛苦中挣扎的样子，喜欢看人在善恶的边缘游走的样子，喜欢让所有的感情混沌不清……

生活就是这样，原本你以为重要的，不会失去的人，可能会轻易地从你的世界消失，从此杳无音信，比如，给我生命的那两个人对我的抛弃。而那些你以为是过客的人，却在你的生活中反复出现，影响你、毁灭你、拯救你。

等候就诊的这 3 天，我依然像往常一样处理工作，但不会像以前一样全部重心都在工作上，我将陪妈妈的时间调整得更多一些，耐心地听妈妈说话。她咳嗽的声音疯狂摩擦着我的泪腺，但我始终嘴角上扬。

心底这样的刻意转变，让我意识到自己曾经是多么敷衍。我口口声声为了报答父母而做的努力，是真的努力么？还是自私地想和过去的自己完全脱离？如果我有够努力，怎么今天还没有让父母生活得更好？所谓的风光只属于我个人，而父母的生活依旧，唯一的不同，就是那个他们用力保护用力爱的孩子离他们越来越远。

如果，妈妈没有得癌症，我还有多久才会去思考这些问题，为什么等到妈妈得了癌症，我才知道自己有多爱她。

所以，我是打着报答父母的旗号，冠冕堂皇生活的自私鬼罢了。

就诊的前一天，夜里 11 点，关了灯后，我和妈妈躺在各自的折叠床上准备睡觉。我习惯性地翻看手机酝酿睡意，妈妈却一反常态，和我聊起来了。

"陈雪，你还看手机。这样对眼睛不好，要不你就开灯看。"妈妈唠叨道。

父母还是习惯我小时候的名字。而且，一直都是喊我的大名，从来都没有给我取过昵称。

"嗯，我还不困，看会儿就睡了。你先睡吧，妈，明天还得起早去检查呢。"我边看手机新闻边说。

"不是 8 点出发吗？"妈妈问。

"对啊，8 点出发，明天秦朗没事，他开车带咱们去，明早，先不吃早饭，万一检查需要空腹呢，检查完了再吃。这样的话，提前 20 分钟起来就来得及。"我计算着时间告诉妈妈。

妈妈笑道："8 点起床，还叫啥早起，也就对你算早起，我每天 6 点都起来了。"

我笑了："对于您，也确实不算早，但是您这 6 点也真的太早了。怎么？您今天怎么睡前说这么多话，不困啊？"

妈妈忽然咳嗽了起来。

我赶紧打开台灯，将床头柜上的水杯递给妈妈。"妈，喝点水吧？"

妈妈又咳嗽了几声，逐渐平缓了的时候，接过了水杯喝了一小口。

"咳嗽还是挺难受的，我有经验，我现在还记着小时候我咳嗽不停。"我想分散妈妈难受的注意力。

妈妈将水杯放回床头柜上，半靠着坐在床头，说："那可不呗，咳嗽有时候不停，就憋着气啊。你小时候那是太能咳嗽了，除了打针吃药，给你吃了不少偏方，也不知道是哪个偏方吃好的。"

我笑着陪妈妈回忆："我还记着吃那个生的公鸡胆，又腥又苦，裹着白糖就吞下去，也不知道吃了多少公鸡胆。"

妈妈紧接着说："那怎么也得有三四十只吧，那会儿谁家杀了公鸡，都把鸡胆给送来，但是你小时候听话，裹着白糖就往下吞，也不哭。"

"我估计也可能是我每天吃几个苹果的功劳。"我说。

"那苹果确实没少吃，你爱吃苹果啊，三四岁的时候，一天自己就能吃三四个，都特意给你去成箱批发，而且要买用纸包着的大苹果。那时候这就是最好的苹果，也不知道怎么就吃对了，八九岁就彻底不咳嗽了。"妈妈自豪地说着。

"妈，我小时候是哮喘对吧？"我问。

"那可不是嘛，你记得以前咱们那有个叫小红的吗？"妈妈问我。

"记得啊，后来不是很年轻就去世了吗。"我答。

"嗯，她二十出头就没了。你小时候和她一样的病，咳嗽都那么严重，那时候小红她爸都说，'你家陈雪和我家小红这不一样吗'。我那时候就怕你像小红一样，活不长。"妈妈被回忆带得神情忧伤。

"但是，我活了。而且，还活得这么好，对吧？"我笑着问妈妈。

"对啊，越来越好。"妈妈欣慰地说。

"妈，您以前是不是没有想过我会来北京，然后还自己创业啊？我小时候，您觉得我的将来是什么样的？"我很好奇妈妈的想法。

"那肯定没想过你会来北京创业，小时候，我觉得你长大就是去市区找个好工作，然后结婚。"妈妈说。

"所以，这是您规划的最好的将来呗，但是没想到，我太能折腾，来到了北京。妈，您对现在的我满意吗？"我笑着问。

"满意啊，咋不满意呢。"妈妈说。

"那从来也不夸夸我，你看我爸，没事还夸夸我呢。"我难得想和妈妈撒娇，上次撒娇应该是小学时候的事了。

"那满意非得挂在嘴上？我才不像你爸呢，他多会说啊，提他我就来气。"妈妈有些不高兴。

"怎么了？我爸不是挺好的，怎么提他生气呢？说来我听听呗。"我从来不知道妈妈的心事。不，是从来没问过。

妈妈喝了口床头的水，看起来是要痛诉一番，我猜这是妈妈睡不着的主要原因。

妈妈说："你跟他说什么他都像听不见似的。这一辈子，东西从来都是乱扔，就不能从哪拿的放哪去，跟他说八百次也没用，跟着他屁股后面也收拾不过来。"

我接话道："这两个月我就发现了，我爸确实比较邋遢，跟着收拾也收拾不过来。我现在特别理解您说的，难为您了，但都一辈子了，您才想起来生气啊？"

"一直生气，就是你以前小，没法跟你说，也不能跟外人说。"妈妈有些委屈。

我赶紧说："那您现在说，把不能跟别人说的都说了，憋着可不行。"

"你记得小时候我不让你跟张晶晶玩吧？"妈妈问我。

"记得啊，我也知道您不喜欢她。"我淡淡地说道。

我一直也不明白为什么小时候每次和她玩，妈妈都是特别生气。

"年轻时候，她妈总找你爸，我能让你和她玩吗？不能咱们家老的小的都围着她们家人转吧。"妈妈越说越生气。

我觉得不可思议地问："啊？是结婚之后吗？"

妈妈气愤地说："都有了张晶晶了，还总找你爸。"

"但是，她找我爸，我爸也没怎么样呀？"我爸一定不是那样的人。

妈妈干脆站起来说："是没怎么样，那不是我看着呢吗。去年，我看你爸手机有她发来的短信，还说什么想你了，这不是一直有联系吗。"

我无法将正直本分的父亲和妈妈说的形象联系在一起。

"您没看错吧？要真有事我爸还能让您看手机吗？"我试探地问。

"他以为我不会看呗，但是我就看到了，后来我说我不生气，让他说实话，他说几年前有一次过马路牵过手。"

我很惊讶于爸爸的行为。站在成年人的角度，我能理解感情的复杂性，可站在女儿的角度，依然觉得难以置信。我赶紧宽慰妈妈。

"嗯，那我爸这不是坦白了，其实也没什么，我爸就不是那样的人，不然能告诉您吗？"我说。

妈妈委屈地继续投诉："他跟我过马路都没牵过手，也没说关心我，'嚯'的一下就自己跑过去了。"

原来，妈妈是这样敏感且在意细节的女人，却偏要表现得强硬至极。

"这个，我替我爸说一句啊。您平时表现得太厉害，太强大了啊，就像什么都不需要我爸一样，那他就习惯不管您了呗。您也得有点情调嘛，不能太严肃。"我分析道。

妈妈不服气地接话："我为什么这样？你以为我一开始就这样吗？我刚结婚的时候也爱唱爱跳的，我之前炒菜还跳呢。你爸从我这路过，就像什么也看不见似的，从那以后我就不唱不跳了。"

"哇，真没想到，您还有这时候呢。那这真的怪我爸，他没情调，那您可以直接要求他，你告诉他你在意这些啊。"我说。

妈妈嗔怨地说："我才不告诉他，想不明白拉倒，而且说了他也记不住，有一次我跟他说了我在意这些，他说不记得我说了。我跟他说，你说的每句话我可都记在心上，你小的时候，有特别生气的时候，都想离婚了，但是你太小，就没离成。"

我感叹道："哇，我才发现，您是这么浪漫的人，刚那句'你说的每句话我都记在心上'，这个实在太浪漫了，这么说我爸都不懂，真是太过分了。妈，如果真的不快乐，现在也是可以离婚的，我绝对支持您，以后我赚钱都给您，不给我爸，看他咋办，谁让他惹您生气呢。"

"那可不，我预备找个外国老头，这样我骂他他也听不懂，哈哈哈。"妈妈笑着说。

我也笑得很开心，说："我看行，特别行，哈哈。"

妈妈忽然认真地跟我说："我觉得秦朗就挺好的，接触的这段时间，我发现他很细心，也有耐心，不像你爸那么粗心。你结婚就得找这样的，再有秦朗长得好看，工作也不错，而且家里就他一个孩子，父母也都是本分人，你不能挨欺负。"

"妈，你这都什么时候打听的？知道得够详细的啊。嗯，秦朗是挺细心的，脾气也挺好，就听您的，不能按我爸标准找，太没情调，对吧。"我不愿让妈妈觉得扫兴，并没有再强调自己与秦朗只是好朋友的事情。

"对，绝对不能按你爸那样找，要不气死了。"妈妈笑着说。

我们在温暖的氛围中，结束了这次漫长的谈话。

这是我第一次倾听妈妈的心事，也是我们母女俩第一次有长达四个多小时的谈心，关灯睡觉时，已是凌晨三点多。曾经脑海中的妈妈的印象，都是严厉而无趣的，今天的妈妈，是那么可爱那么需要被爱的小女生。我要是早点了解妈妈的脆弱就好了，她就不会因为无人诉说，无人理解，独自一人委屈这么多年，也许心情好起来，就不会得癌症。我在心底做着无意义的假设。

这看似寻常无聊的对话，竟是我和妈妈最深的交谈。

26

第二天，秦朗陪我和妈妈去肿瘤医院进行了一系列检查，面对医生开的一堆检查项目，我和妈妈解释说，这都是常规检查要有的流程，大医院都是这样。担心妈妈对肿瘤医院的"肿瘤"二字起疑，我假装不经意地提到，这家医院是全国看肺部最好的，所以各种肺结核啊、肺炎都来这看。

妈妈觉得小题大做，太浪费钱，我就说给帮忙挂号的朋友有办法可以报销，人家都安排完了，不检查也是浪费了；秦朗也在一旁配合着我的表演，就这样妈妈踏踏实实地答应了所有的检查。

昨天和妈妈的对话，让我发现妈妈应该是想爸爸了，只有爸爸回来，妈妈的心才能踏实。于是，在检查的间隙，我抽空偷偷给爸爸打了电话，让他用最快的速度回京，我没有跟爸爸说实情，我怕他没办法像我一样表演，也怕他难过，谎称妈妈肺部可能有些炎症在做检查。爸爸并没有起疑，说妈妈年轻时候得过肺结核，估计是老毛病。即便如此，他还是决定第二天就回北京，这样的速度，让我感受到了爸爸对妈妈还是很重视的，他们之间还是有爱的。

检查项目很多，我们几乎在医院耗了一天。天快黑时，才赶回家，却还没做完全部的检查，有几项检查今天只能预约，有的检查是需要两天后，有的是需要三天后，有的是五天后，而这，对于人山人海的肿瘤医院，已经是很快的速度了。

爸爸回来后，妈妈的心情明显好多了，经过上次和妈妈的谈心后，我特意观察爸爸对妈妈的态度，除了爸爸乱放衣服之外，我看到的都是爸爸给妈妈拎包，爸爸给妈妈拿热水喝，妈妈指责爸爸，爸爸笑笑也不反驳之类的甜蜜画面。所以，不需要检查的时间，我也可以更放心地出门忙工作，留给他们更多独处的时间。

而每到检查时，秦朗都来送我们去医院，当需要在医院跑腿或者排队的时候，都是秦朗冲在前面，而我很多时候是陪着爸爸妈妈等候，秦朗总能不经意间逗妈妈开心，这样温暖的画面，恍惚间，也让我有种一家人的错觉。很多时候，我和秦朗相处的氛围，很像爱情，却又不是，因为我俩之间从没人提起过关于爱情的字眼儿。

所有检查结果出来后，秦朗再次陪我带着父母去医院见医生。诊室门外的走廊全是人，勉强留出一条过道在中间，我让父母在走廊尽头人少处找椅子坐下，我和秦朗在门诊室这里等候，门诊室的门刚打开，走到门外的女助理医生就立马被围上。我费力地挤进人群，将病历本交给助理医生。她问我，患者知道自己的病情吗？我说不知道，她听后就用笔在病历本封面画了一个圈收走，并告诉我等广播喊患者名字就进来，然后又迅速回到诊室内。后来我明白，患者知道病情的病历本封面画的是对号，这个小小的举动不禁让我感动于医生的细心。

待喊到妈妈的名字时，秦朗去带坐在远处的父母，我先进去跟医生报到。刚进门，我就被眼前的景象惊住了，一个六十岁左右的男人，跪在看诊的女医生面前，女医生五十多岁的样子，面露难色。

"大夫，我求求您了，您就给我看看吧，我家在外地，我来这太不容易，太费劲了。"男人央求道。

"这是怎么进来的？"女医生责问助理医生。

还没等助理医生回答，男人赶紧抢话。

"不怪她，是我自己跑进来的。大夫，我知道您医术高明，您治好了很多人。我求求您，救救我的命，我不想死啊。"男人眼泪在眼眶内打转。

"你起来吧，别这样，来这看病的，哪一个不是要命的？都得排队按顺序来啊，你求我也没用。"女医生一副司空见惯的表情。

"挂号的说一个月之后才有号，我怕我等不了一个月了啊。大夫，我求求你了，您好人有好报，您就是活菩萨，我还想活，我……"男人忍不住哭了起来。

"行，你起来吧，在外边等着，我给你看，但是先得把今天排队的看完，排队的也等很久了，不然也不公平，对吧？"医生不忍地说道。

男人连连叩头感谢，助理医生赶紧上前扶起，带他出门在外等候。

电影中才有的画面，就这样活生生在我眼前上演，是这样的残酷和无奈，还好妈妈没有看到这一幕，不然是要被吓坏的，也定不会相信我说的善意的谎言了。

"余显华。"医生看着妈妈的病例本念道。

此时，妈妈也正好推门进来。

医生边看妈妈的各项检查结果，边询问妈妈的症状和过往病史。

妈妈回答说："就是咳嗽，但是没有痰，快两个月了，吃止咳药也没用，年轻时候得过肺结核，但是都治好了，不知道这次是不是原来肺结核引起的。"

医生看了看病历本封面画的圈说："就是肺部有点炎症，没事，按要求，好好治疗就可以。"

妈妈的神情轻松多了，说："哦，我就说没什么大事，孩子非带着来检查。"

我接话道："妈，您出去等吧。我在这等大夫把治疗的单子开好就来找你们。"

"那行，我出去等你，谢谢了啊，大夫。"妈妈说完就推门离开。

我赶紧询问医生实情。

"你母亲这个是小细胞肺癌，而且已经是晚期了，都扩散到淋巴了，没有别的办法，只有化疗，加中医调理。"医生说。

"化疗是不是很痛苦？化疗能把生命……延长多久？如果

不化疗，还能活多久呢？我想有个心理准备。"我尽量平缓情绪问医生。

"化疗肯定有些临床反应，脱发，呕吐，头晕，等等。你说化疗能延长多久，不化疗还能活多久，我都没法给你说，每个人体质不一样，情况就不一样。"医生说。

医生并没有给出我想知道的答案，我问："如果不化疗，就没有别的办法了吗？"

"不化疗，就是放弃治疗。"医生的回答简短冰冷，听得我胆战心惊。

"那……我回去考虑一下，谢谢您。"说完我转身离开。

我无法在这么短的时间，做出正确的决定。我需要再想想，我不能草率地决定妈妈的余生将如何度过。

回家的路上，我和父母说就是妈妈曾经得过的肺结核导致的钙化点，有些炎症，所以才这样咳嗽。父母也因此轻松踏实了许多。同时，我发微信询问徐怀安，希望他能给我一些建议，徐怀安的意思是不要化疗，如果余生有限，要活得开心有意义。化疗会严重影响生活质量，也无法彻底治疗妈妈已是晚期的小细胞肺癌。

将父母送回家后，我出门送秦朗，顺便将医生说的实情告诉他，并说了我的顾虑。我也想听听秦朗的想法。

秦朗告诉我他的姥姥曾经患了肠癌，当时选择了西医的手术和化疗，折腾了一年，很痛苦。人瘦得不像样子，便匆匆离开人世，这一年里有大半年的时间都在医院，很痛苦。这让他母亲十分愧疚。所以，他姥爷前两年得了肺癌时，他母亲和舅舅商量后决定让姥爷进行中医的保守治疗，也就是针灸和中药，不去刺激癌细胞，而是尽量让细胞彼此之间"和解"。

"姥爷至今与癌细胞共存，互不伤害，他现在活得很自在，只是隔三岔五去中医那里报到就可以了，如果你决定给阿姨保守治疗，我可以让我妈介绍中医给你。"之前没跟我提这些，是不想左右我的思想，毕竟事关重大。既然我问了他意见，他就把自己认为对的方式告诉我。

秦朗的话，让我燃起了新的希望，同样是肺癌，那也许我妈妈也能用中医维持好。我悬着的心算是有着落了。

自从妈妈和肺癌这个事沾边儿以来，一有空闲，我就用手机上网查看各种关于肺癌和化疗的信息。虽然妈妈不吸烟，可是二手烟和油烟也是很大的危害，形成癌症是因为人体细胞在不停地维护重组，只要有一次细胞排列出了问题，就可能导致癌症。

妈妈曾经得过肺结核，肺部细胞就会不停重组来维护肺部，所以得肺癌的几率就更大，而小细胞肺癌是肺癌里最严重的一种，除了化疗没有其他手段可以解决。至于化疗产生的种种副作用我也看得胆战心惊，甚至有人会因为化疗产生的痛苦选择自杀，所以很多晚期的癌症患者或家属都拒绝化疗。癌症的尾声都会很疼，吗啡是唯一的缓解的方法，面对癌症病人，吗啡在医院是可以不计量提供的，并不会因为过量加速死亡，只是为了麻痹神经，减少难以忍受的痛苦。我想这应该是医疗里的人道关怀吧。

接下来的日子，我每三天带妈妈去做一次中医针灸，平日喝中药，而中医也是我提前沟通好，拜托他帮我隐瞒实情。我怕妈妈知道实情抑郁，让她的癌症更严重。从妈妈生病开始，我就选择了说谎，可能是我的表演和安排太完美，父母从未怀疑。

在此期间，我给洪海洋打通过一次电话。响了很久之后才接通。在一片麻将的嘈杂声里，他不得不提高音量。

"喂，你想干吗？"

"喂，我本来不想给你打这个电话。但我现在非常需要钱，你哪怕少还我一点也行。"

"我不给你说了吗，我也没钱。哎……等一下，刚是九万是吧，碰！"他一边打着牌，一边和我漫不经心地聊天。

"我妈得癌症了，要花很多钱。"我费了很大力气才让我的语气听起来很平静。

"你不用给我卖惨打感情牌。陈卓，为了那么点钱，你连你妈都豁出去了啊，至于吗？"

按理说，他这种语气会让我无比愤怒，但现在对我来说那笔钱就是妈妈的救命钱。

"洪海洋，你应该知道我不是一个撒谎的人。你要不相信的话，我可以把诊断报告发给你。"

"现在什么都能造假，再说了，你妈就算真得癌症关我什么事？"

"你说这话不怕报应吗？"我问他。

"报应？也是报应你吧，你妈这不是得了癌症吗？……哎，我胡了，七番啊。"

"如果你继续无耻，那我就只能去法院诉讼你了。"我气愤至极。

"好啊，你随便告。实话告诉你，我现在名下什么都没有。你愿意告就告呗，以后别给我打电话。"

电话被挂断了。这让我彻底不再对他抱有一丝幻想了，即便我拿不回一分钱，也要让坏人得到应有的惩罚。

最不该和坏人讲理，不怪坏人太坏，只怪自己给坏人机会。坏人说自己是好人，而且坏人成功给自己洗脑，可笑。

好在没过两天，我拿到了电影项目的尾款。

我先将小川借给我的钱如数还给了她，又联络了律师诉讼洪海洋。然后，为了让父母住得更舒服些，我在公司附近租了套两室一厅的房子，白天父母和我一起走路到公司转一圈，走路 10 分钟的距离，也是让妈妈锻炼身体的好方法。

爸爸也为了不让妈妈咳嗽，戒了烟，每天就是陪妈妈走走路、做饭。

有一天我开车回家，路上因为路段拥堵不得不下高架，随着导航穿梭于郊区的旧楼中。绕过几个弯儿后，眼前是一片幽静的小区居民楼，低矮灰旧的二层小楼，杂乱纠缠的电线，吱吱扭扭运作的空调外机……

路很窄，两边是高大的银杏树，许多院落的门都敞开着，能看到坐在树荫下逗弄小孩的妇女，或摇着蒲扇纳凉的老人。

前面没有路了，我仔细查看地图，地图标示前方有路。而摆在我面前的却是一座木门低矮的小院儿。我不耐烦地点击导航，却发现只能原路返回，开回高架。无奈，我只能抱着渺茫的希望下车问路。

正好面前的小院儿门开了，一个小女孩儿拿着纸风车跑了出来，我拦住她，问道："小妹妹，周围还有别的路吗？"

她笑着回答我："我也不知道。我奶奶知道，她天天给我讲故事，什么都知道。"

说着她拉起我的手，我略一犹豫，便跟着她进了院儿里。

院子比从外面看起来大了很多，刚进门我就闻到阳光晒过的木头味儿，混合着青草香，花园里杂乱又蓬勃地长着一些蔬菜，南瓜藤上结满了青涩的小南瓜，四周的墙也被爬山虎覆盖。

最让我惊讶的是，院子里的东北角种了一大片观赏性向日葵，茎秆纤细，花盘比正常向日葵小，夕阳映照下如同一团团火焰在燃烧。

小女孩儿对着花园喊："奶奶！"

一个头戴草帽，瘦骨嶙峋的婆婆从花园里站起来，拨开藤蔓向我们走来。她脸上布满丘壑，皮肤黝黑，满面慈祥，一笑便露出满口补过的黄牙。

小女孩儿说："这个阿姨想问路。"

老人笑着对我说："嘻，也不知道你是第几个了，老有人跑到我这儿来，都是被导航骗来的。那些电子产品啊，不可靠……"

"这些向日葵开得真好。"

"你也喜欢向日葵？"

"我妈妈喜欢。"我淡淡道。

"这些是我从老家带来的，老家有一大片，几十亩地，全都是……"

我脑海中想象着几十亩向日葵在风中摇动的壮观景象，回过神来的时候，老人已经折了好几枝向日葵。

"带几枝回去吧……"

"谢谢！"我欣然接受，想着妈妈见到一定会很开心。

回家的时候天已经黑透了。爸爸赶紧去热菜——他们一直在等我一块吃饭。

我将向日葵放进玻璃花瓶里，又倒了些水，摆在客厅。妈妈看到向日葵很开心，问："你怎么还买向日葵回来啦，这么养着过几天就枯死了，浪费钱。"

我解释道："不是买的，今天导航出错，给我导错路了，看到一片向日葵，这是种向日葵的婆婆给的。"

妈妈绕着那几枝向日葵转来转去，说道："现在这导航也不靠谱啊，还是得自己记路，这是得导到多偏的地方才能有地儿种向日葵啊？"

我看妈妈还有力气评论不靠谱的导航，我很开心，也许中医治疗真的有用。

似乎一切都在向好的方向发展。也都在我的掌控之内，这让我得到了暂时的安慰。

然而，我的认知很快被摧毁。

27

妈妈病情的发展比我预期得更快。

最初表现出来的只是日渐消瘦，两个月后，咳嗽有所缓解，却开始出现了浮肿，先是脖子，紧接着脸和胳膊都肿了起来，肿到妈妈脸上的皱纹都被撑开了。血压也越来越高，很难控制下来。

天越来越冷，我担心免疫力过低的妈妈感冒，便不再带她去楼下遛弯，改为了室内来回走。妈妈晚上时常没有办法睡觉，躺下会觉得呼吸困难，有好几次爸爸说半夜迷迷糊糊中醒来，看见她静静坐着的轮廓。这一切的转变让我有些慌张，却还要保持一如往常的平静。

每当我在一墙之隔的卧室，听到妈妈咳嗽的声音时，眼泪就会抑制不住地无声流下。我从未如此害怕失去，这一刻怕到无法面对，以至于自我麻痹。我不敢思考太多妈妈的病情，只要想一点，便可轻易泪目。

妈妈是我见过最坚强的人，身体一定难受极了，她却总是保持着笑脸，还不忘和我开玩笑。但我知道，我的挣扎和妈妈的难受都是在各自内心隐藏的，只有爸爸看到的是轻快的家庭氛围。

病急乱投医，妈妈也是。

有一天，妈妈告诉我，她打电话回老家找一个会"看事"的阿姨看了一下，说要请两尊佛，她的身体就好了。

妈妈本就信佛，老家一直供奉着一尊观音菩萨，我并不懂得这些，但是一向尊敬未知的神明。虽然我知道妈妈的身体，根本不是请两尊佛就能好的，可为了让她心情好，我立马按妈妈的指示，给老家这位阿姨订了来北京的动车车票。阿姨到京后，我和她去北二环的雍和宫给妈妈请了两尊佛回来。别的不说，阿姨来了之后，妈妈是真心实意地感到开心，特别地开心，就像找到了救命稻草一样，看到妈妈这么开心，我却越发难过。

阿姨走后，妈妈跟我说，她让阿姨给我看了个结婚的日子，我惊得下巴要掉下来了，我和谁结婚啊？妈妈说："秦朗啊，还能谁，多好的孩子啊。从我们来北京这段时间，就是秦朗一直忙前忙后，他的品行我都看在眼里，错不了，你爸也特别满意。"不想惹妈妈失望，我没有表明态度便匆匆敷衍过去。

关于秦朗，我的心情五味杂陈。秦朗总说我们这儿不好打车，他反正也没什么事，自己待着也无聊，愿意和叔叔阿姨聊天。就这样，秦朗成了妈妈去针灸的"专车司机"。虽然这段时间我很感动他的忙前忙后，可是还是无意发现了他的秘密。

上次妈妈针灸的日子，依然是秦朗开车来接我们一起去医院。

刚进医院，我发现我的手机忘在了车里，于是拿了车钥匙去找手机，在副驾的地上拿到手机转身要走时，一个信息提示音响起，手机屏幕的信息让我意识到自己拿错了手机。这个手机虽然和我的是同型号的 iphone，却将信息设置为展示全部。

信息内容是："亲爱的朗哥，我想你啦，你在干吗呢？是不是也在想我呀？"这是秦朗的手机，可秦朗刚才明明拿了手机上楼的，难道他还有另外一个手机？虽然我和秦朗没有挑明关系，可是平日的关心递进，我们已成为心照不宣的恋爱关系。这样的短信和另一个手机，让我有些失去理性的愤怒情绪。

出于好奇，我尝试解开手机密码，密码非常简单，是秦朗的生日。我轻易就解开了屏幕锁。打开微信后，我看到了更多令我愤怒的信息。

"北京居然下雪了，我快递给你看看吧。"

"凌晨三点，忽然醒来，因为梦到你了。"

……　……

原来，秦朗用这个微信号同时和三个异性保持暧昧，其中有一个看来是他的初恋，对话内容是这样的：

"你是我的初恋啊，虽然那时候什么都不懂，但我最爱的一直都是你。"

"我的日本签证办好了，可以一起去看环球影城了。"

对话日期是妈妈确诊至今，几乎每天陪我和父母去看医生的日子里。我不知道，他是如何做到这样不动声色地对我虚情假意，出于什么样的目的？期待什么样的结果？这是怎样的一场情感游戏？这样不累吗？一个全世界看起来都那么好的秦朗，竟然是这么渣的一个人，这相当于一个十恶不赦的人忽然做了好事，一样让人无法相信。

我从副驾和中控台的缝隙找到我的手机，用自己的手机将这些让我觉得有些恶心的信息画面拍了下来，作为"证据"稍后再算账。虽然我很气愤，但在父母面前，我不能发脾气，于是调整了呼吸，将他的这个手机丢在原来的地方，假装什么都没发生，回去找还在医院的父母。

妈妈还在针灸室，爸爸和秦朗都在走廊的座椅上玩着各自的手机等候，见我过来，秦朗问："你怎么去了这么久？找到了吗？"

他是担心我看到他的另一个手机吗？

我面带微笑坐在他旁边的座椅上："嗯，找到了，我找车找了半天。"

现在我看秦朗，只觉得无比虚伪，令人作呕，他的欺骗行为，刺激到了我心底最敏感的区域，过往的所有欺骗事件似乎产生了连锁反应，让我有想打他一顿的冲动。但是，我不能，起码，此刻不能。

那天将父母送回家后，我跟秦朗说，我去你家转转吧。这么久，就你来我家了，我一点都不了解你的生活，秦朗听闻，很开心地开车带我来了他独自居住的单身公寓。我想看看这个伪君子的背后是否还有更龌龊的隐瞒。

秦朗住得很近，32层的高层公寓楼，他住在这个公寓的顶层，60平方米的一室一厅，开发商提供的统一暖白色简装，室内倒是整洁，物品不多。秦朗用咖啡机给我准备了一杯美式，说这是他上次去意大利旅游带回的很好喝的咖啡豆，让我试试。一听到国外旅游，瞬间让我想起车上看到的日本签证的信息，我再也沉不住气，准备不留情面地摊牌。

"你很喜欢出国旅行是吧？"我问。

秦朗端着两杯咖啡坐到我旁边，说道："对啊，多体验些不同的文化，挺好的。"

"准备什么时候去日本呢？"我定睛看秦朗的反应。

秦朗有些敏感，但这敏感很快被秦朗调整不见。

"还没想好，可能下一个国家是日本吧。你有日本签证吗？咱们一起去啊。"秦朗提议。

我冷笑了一声："你不是约了你最爱的人吗？我就不打扰你们了。"

秦朗有些惊慌失措，问："啊？什么意思啊？"

"你看看你手机，我给你发的信息。"在秦朗准备咖啡的时候，我已经将"证据"都发到了他的手机上。

秦朗打开手机看我发的这些信息后，神情严肃且尴尬。

秦朗问："你从哪弄来的这些啊？"

"我去找我手机时候发现的，密码你生日很简单就打开了，但是这些不重要，你觉不觉得你很虚伪？你一边和我这么亲近，一边这样和几个人这样聊天，不累吗？你怎么想的啊？"我尽量语气平和。

"我没怎么想，可能这样是我能平衡自己的方式。你从来也没说你喜欢我。"秦朗一副很有理的样子。

"是，我没说过，你也没说过，但是我明白，我以为我们之间有这样的默契和信任。我所有的事你都清楚，你也听到我父母都把你当作我要托付终身的人，我也没有反驳，你不是听不到看不到吧？"我有些激动。

"你是没有反驳，那是因为你不想让你妈担心，我喜欢你，全世界都看得出来，可喜欢你的人，不止我一个人啊。你对谁都挺好的，我怎么知道你是不是要和我在一起？我总得给自己找心理平衡吧，要不我怎么面对？"秦朗振振有词。

"如果我不喜欢你，会和你走得那么近吗？是，我对别人也挺好，但是那一样吗？你看不出那些是礼貌和客气吗？你不是傻子，如果你觉得我对别人是一样的好，你不会跟我耗到现在的。事实都摆在眼前了，你还要这么狡辩，连承认的勇气都没有。算我瞎了，以为你是好人，但你才是最渣的一个人，那些我看到的信息，让我觉得恶心。"我越说越气。

"我以前真的不能确定你喜欢我，但是看你今天的反应，我可以确定了。对不起，我们好好在一起吧。"秦朗说得很真诚。

我笑了，说："你是不是脑子有问题啊。你觉得我看了这些，还能跟你在一起吗？你觉得我会信你那些莫名其妙的'心理平衡'之类的理由吗？你就是彻头彻尾的骗子，你实在是太不善良了。你比以前我认识的所有人都坏。你知不知道现在是我最难的时候？我信任的朋友，拿了我的设备和钱消失不见，差点露宿街头的我，甚至没钱打官司，好不容易谈成了项目，把公司支撑下来，我妈又得了癌症。我每天都在担心妈妈什么时候会离开我。这些你都是最清楚的了。我信任你！你怎么还忍心这么骗我呢？我长了一张很好欺负的脸是吗？你实在太过分，太过分了！"我还是不争气地流了泪。

"我一直觉得你谁都不需要，对不起，我错了，我现在知道你在乎我了，以后不管谁，我都不会再理了。我会好好保护你。"秦朗说着过来想要拥抱流泪的我。

我一把推开虚伪的他，说："别碰我！我觉得很恶心。你说你想和我好好在一起，我就要当作什么都没发生好好在一起？是不是太可笑了，如果你是我，你可能吗？我永远不会原谅你，永远也不会。我最怕也最讨厌欺骗，你知道的，谢谢你在我最难的时候选择的落井下石，让我再一次看清了人性。"

"对不起，我真的不知道你在乎我，我是想让自己心理平衡。我太喜欢你，才会明明觉得你不在乎我，还要一直陪在你身边，自己悄悄找心理平衡，我也很煎熬的。"秦朗也流下了眼泪。

泪目的我冷笑道："煎熬？那你别煎熬了。真的，我耽误你了，我想要的是宁缺毋滥，不是边走边看。抱歉，我今天来说这些，不是因为想要和你有什么未来，而是想当面揭穿你的虚伪。我委屈压抑太久了，算你倒霉，都得跟你发泄了。以后，你不要再出现在我的生活里了，就当我们没认识过，再见。"

秦朗拉住起身出门的我，边拉我边道歉，愤怒中的我力气异常的大，我将秦朗身上穿着的皮衣扯坏了，这样的拉扯，让我彻底释放了自己的委屈和愤怒。我转回身将秦朗的茶几掀翻，茶几附近可以挪动的物品都被我砸了个遍，而秦朗就在旁边静静地看着我砸，没有阻拦，砸累了的我夺门而出，消失在黑夜里，留下了待在原地的秦朗。

我一个人奔跑在下着秋雨的夜里，我的脸上分不清是泪水还是雨水。

是不是我就不能认真地对一个人有感情？只要我认真，就不会有好结果。只要我在乎了，就会失去，我再也不要在乎所谓的感情了。既然不属于我，我何必争呢？为什么到今天，我都学不会自我保护，生活是要让我这样受尽折磨，才能满意？从出生就被抛弃，我是怎样的不堪，才会被生活这样安排，友情，爱情，都是奢侈品么？我是不是真的不值得被爱？是不是我是那个会给别人带来晦气的人？所以，唯一爱我的父母，生活都不放过，凭什么让我妈妈得癌症？凭什么在我刚有能力报答父母的时候，就要剥夺妈妈的生命，凭什么这样？

生活，我告诉你，你越这样对我，我越是要成为你的眼中钉肉中刺，你就是打不倒我，我就是要每天开心，我就是要尽我所能保护我的家人，我就是不会妥协，如果你要带走我的妈妈，那我还有什么可害怕失去的？是你给了我无所畏惧的底牌。

28

逝去的如戏，正发生的似梦。

在那之后的几天秦朗都没有出现，我拒绝回复秦朗的所有信息，对父母借口说秦朗最近工作忙，走不开。父母也没有质疑。

之前，秦朗开车带我们去针灸，现在，换我一个人打车带父母去针灸。我看着浮肿日益严重的妈妈，越来越担心，甚至无暇考虑秦朗的背叛。

我不停上网查询肺癌晚期的症状，这样的浮肿是非常不好的信号，如果生命真的进入了倒计时，我想让妈妈多些快乐的记忆。原本计划今年带父母出国旅行的我，早早就让父母在老家办了签证才来的北京。

我问医生，是否可以带妈妈出国旅行。医生告诉我，目前这样的身体情况，不适合出国旅行，可以考虑去国内比较近的地方旅行，不知情的妈妈赞成医生的说法，说等身体好些再出去吧。可我很担心是不是就没有机会带妈妈出国旅行了，别说出国旅行了，一直以工作为中心的我，竟然从来没有带父母出去旅行过，自己倒是因为拍戏全国各地跑个遍。想到这里，心里又多了愧疚。如果出国不行，那我总要带父母国内旅行，让每天忍受病痛折磨的妈妈换换心情。

当我提出国内旅行的想法时，妈妈倒是很高兴，同时让我邀请秦朗一起。我敷衍妈妈说，我问问，不知道他有没有时间。妈妈说，那就等秦朗有时间一起，不着急。

听到妈妈的话我明白我必须跟秦朗聊聊了，我拨通了秦朗的电话，他很迅速地接通了。

"有事需要你帮忙，如果你方便的话。"我冷冷地说。

"方便，方便，你不生气了吧？我把她们全都删除了。那个号码也注销了。"我能听出秦朗的激动。

"那些和我没关系，不用跟我说，我妈最近状况不太好。我想带我爸妈去旅行，让她开心些，我妈想让你一起去。"我继续用冷冷的语气说。

"阿姨是比较严重了是吗？没问题，我开车吧，这样旅行方便些，这么多天不见，我也想他们了，想好去哪里了吗？"秦朗忽略我的不愉快，关心地问。

"还没想好，这个季节，北方可能也没什么适合旅行的地方，但是远了医生也不建议。"我说。

"去张北草原吧，也不远。秋天的草原也不错，很多风车，蜿蜒的路都挺好看的，开车三四个小时就到了，还可以吃烤羊，农家乐这些，你觉得怎么样？"秦朗建议。

"嗯，行吧，那就去张北，我也想不出别的。你明天有空吗？我想抓紧时间。"我问。

"有空，明天咱们9点出发，我准备些零食和水果放车上，然后中午去张北吃饭，下午转转，晚上住那边。后天白天再转转，晚上就能回来，明天我到楼下接你们啊。"秦朗细心地安排道。

"好，明天见，对了，那个……我跟我妈说你最近忙工作所以没过来，所以你还需要帮我跟我妈演戏，像之前一样。"

"嗯，不用演戏，我就是很喜欢叔叔阿姨，就会像之前一样对他们好的，那这样，明天见。"说完秦朗挂了电话。

第二天，秦朗像什么都没发生一样的热情细心，照顾父母和我，每次看到秦朗，父母总是特别开心，尤其妈妈，脸上洋溢的幸福，是我一个人给予不了的，从这一点，我很感激秦朗。一路上，秦朗和父母说说笑笑，介绍路过的地区和最近发生的趣事。我暂时忘记了妈妈的病情恶化，忘记了秦朗的欺骗，享受这难得的惬意。

接近四个小时的路程，在说说笑笑中很快就过去了。这也是我第一次来张北草原，看着层峦耸立的风车，蜿蜒曲折的山路，心中暗叹秦朗的推荐之好。

我们驱车来到一个蒙古包式的农家乐，服务员带我们走入秦朗提前预订好的包间，推开门却看到已有两位与父母年龄相仿的男女坐在里面，衣着气质尽显知性。见我们进来，男女立即起身，露出和善的笑容。

秦朗率先开口道："爸妈，你们先到了啊。来，我先介绍一下啊，这个是陈卓，这是陈卓妈妈，这是陈卓爸爸。叔叔阿姨，这是我爸妈，之前没跟你们说，就想着给大家一个惊喜。"

我吃惊极了，秦朗怎么会把父母约来一起？

秦朗父亲接话道："早就听秦朗说您二位来北京了，一直想去拜访来着，秦朗说他安排合适的时间，这不才在这儿见到。"

秦朗母亲笑着说道："秦朗总和我们说陈卓特别优秀，一直也不让我们见见。今天才让我见着这么好的姑娘，快别站着了，赶紧坐吧。"

秦朗赶紧说："对对，先坐下，坐着聊，叔叔阿姨里面坐。"

秦朗父母连忙拉开主位的椅子给爸爸妈妈，爸爸妈妈面带笑容地走过去。四个老人谦让来谦让去，谁都不好意思坐在主位。最后秦朗爸爸说，必须得亲家坐主位，虽然这里不是北京，但也得是他们招呼啊。这样，父母坐在了最中间的位置，秦朗母亲挨着妈妈坐下，秦朗爸爸陪着爸爸坐，我和秦朗坐在靠近门口的位置。

看来秦朗事前交代过父母，不提母亲的病症，所以，大家就围绕着我们的终身大事不停聊着，6人的小包间瞬间热闹温暖起来，人人脸上都是幸福的笑容。我也笑着配合，内心独自尴尬，却无法制止这样莫名的"亲家"聚会。

双方父母聊得很投缘，有相见恨晚的感觉，妈妈甚至主动告诉了秦朗父母之前让人看了结婚的日子，如果没有之前我看到的那些信息，这将是我也觉得十分幸福的时刻。可我确实看到了，即便再装作岁月静好的样子，内心也无法抹平伤痕，就算全世界都欺骗我，我也不能自欺欺人。

我没机会责怪或探讨秦朗自作主张的安排。就这样，我们的四人行，变成了六人行。

秋季的张北草原，泛黄的景色中多了些寂寥，却未能阻碍前来旅行的人们的热情，依然车来车往。

我们看到了平日并不在意的美丽的晚霞，看到了一片还没来得及凋谢的花海，拍了很多合影，还吃了街边用树枝穿着的香喷喷的羊肉串，本就很少吃肉的妈妈，在生病后经过中医的叮嘱彻底吃素了，所以妈妈就在一旁开心地看着我们吃肉串。

我给妈妈买了她最喜欢的太阳花风车，看到妈妈举着风车，我仿佛看到了那个我不曾见过的少女时代的妈妈。这两天妈妈脸上的笑容没有停下过，如果可以永远这样该多好？

生命，真是个残忍的词汇，一个鲜活耀眼的人，终究会走向凋零破败。我们就只能制造出"曾经拥有"这样的语句来自我安慰了。

结束旅程，返京的路上，我看出了妈妈的疲惫，我让妈妈在车上睡会儿，妈妈还说不累，可是我明白，一向坚强的妈妈是在众人面前硬撑着。快到北京时，妈妈跟我说她头特别晕，还有些心慌，让我带她去打个降压针。习惯硬撑的妈妈如果提出这样的要求，一定是非常难受了。秦朗加速开车，我们带妈妈去了离家最近的三甲综合医院，也就是最初为妈妈检查的那家。

到了医院，妈妈还说，没事，找个诊所打一针降压就行，应该就是血压高，不用浪费钱来医院。可下车时，妈妈觉得腿很重，需要自己用手搬着腿才能下车，我和爸爸扶着虚弱的妈妈，秦朗跑进医院推了一辆轮椅，让妈妈坐下。妈妈这时还说，没事，不用轮椅，将妈妈放在轮椅上后，我们推妈妈找医生测量血压，显示血压正常，可妈妈仍旧头晕得厉害，觉得心慌，医生换了血压测量仪，还是显示血压正常。医生让妈妈做心电检测，检测结果出来，医生说是心衰，必须马上进重症监护室。我的头一阵眩晕，任由医生将妈妈带进重症监护室，妈妈一直以为自己的头晕是一直以来就存在的高血压导致，而缺乏医学知识的我，也这样以为，从来没有想过竟是心脏问题。我这才意识到，癌细胞已经攻克了妈妈的心脏。

爸爸在重症监护室守着正在输液观察的妈妈。我负责交费，秦朗去药房取药，忙完这些流程，秦朗随我走进了重症监护室看望妈妈，经过治疗，此时的妈妈的精神状态明显好多了。

我走到妈妈的床边笑着安慰道："别担心啊，妈，原来不是血压问题，是心脏的问题，怪不得心慌呢。心脏也会导致头晕的，现在怎么样啊？还晕吗？"

妈妈笑着说："现在都好了，也不晕了，心也不慌了，怪不得之前一直没治好呢，合着是看错了方向，是心脏的问题啊，等这个输液完事，咱们就回家吧。"

爸爸也应和着："可不呗，方向搞错了，这回就能看好了，好了咱们就回家。"

秦朗看了看我，没有说话。

"嗯，之前确实是肺部有钙化点，结节，所以后来中医针灸就不怎么咳嗽了吧。那现在这个呢，就是心脏的问题，对症下药就没事儿，但是今天值班医生不让走，得观察观察，明天主任医生上班再看看，才能决定下一步怎么做。所以，咱还是得听医生的话，治疗彻底才行。"我尽量让妈妈放心。

"那也行，听医生的话。挺晚的了。你们都回去歇着吧，不用陪我，秦朗还没吃饭呢，开了一天车怪累的。"妈妈说。

"现在还不到9点呢，阿姨，我不饿，路上都吃了蛋糕了，再陪您一会儿。"秦朗笑着说。

"那能行吗，肯定得饿，快，陈卓，你带秦朗和你爸吃饭去，我都好了。"妈妈催促我。

"您不饿吗？"我问妈妈。

"我一点也不饿，车上都吃饱了，你们去吃吧。"妈妈说。

"我也不饿。爸，您肯定饿了，您跟秦朗去吃饭吧。我今天留下陪妈妈。"我对爸爸说。

爸爸接话道："我吃不吃都行，你在这陪一晚上啊？也没地方待啊。"

"我坐着就行，没事儿。"我说。

妈妈赶紧说："那可不行，累死了。听话，赶紧回去，我自己就没问题。"

秦朗看出我的坚决，说道："那这样，我去租个折叠躺椅，医院都有租的。陈卓就可以躺在这儿陪阿姨了，然后我再带叔叔去吃饭，明天一早我和叔叔给你们送早饭。"

这无疑是一个最好的安排，大家都同意了秦朗的建议，折叠躺椅拿来后，秦朗带爸爸离开了医院。

对于睡眠不好的妈妈来说，整夜不能关灯的重症监护室很难入睡。

这个面积一百多平方米的重症监护室内，不止妈妈一个患者，还有六张床躺着患者，每张床都是用拉帘来隔离出单独的区域的，独立却不隔音，能听到其他患者疼痛的叹息声，以及监测设备的滴滴声。凌晨时分，还推进来了两个需要抢救的患者，无法入睡的妈妈和我，开始了第二次谈心。

我们漫无目的地小声聊着，聊我看到的爸爸对妈妈的关心，聊我羡慕妈妈的幸福，聊我的童年，聊妈妈对秦朗的家长的满意，甚至分析刚才推进来的重症患者为什么没有家属愿意管。悄声聊了很久很久，聊到我曾经得知身世不懂事地把妈妈气哭时，我第一次认真地给妈妈道歉。

"妈，我想跟你说句对不起，我小时候不懂事，把你气哭了。我长大了也很粗心，总是没有耐心和你说话。对不起啊妈，您能别跟我生气吗？"说这些时，我尽力控制眼泪，却仍然泪目。

妈妈心疼地说："你说这些不是让妈着急上火吗？我生啥气啊，哪有孩子不跟妈怄气的，不许哭了啊，再哭就是让妈着急了。"

我擦了擦眼泪，起身亲了妈妈的脸颊，说："嗯，我不哭。我像您一样坚强，我就是觉得自己太不懂事了。所以，要说对不起。妈，我爱你，我知道您也爱我，就是不好意思说，但是我明白。妈，你有没有发现，其实我的性格很像您啊？"

妈妈眼泛泪光地笑了，说："像我就对了，我教的孩子，能不像我吗？"

我也笑了，说："嗯，所以，我懂您，就是懂得有点晚，还好您不跟我生气，快睡吧，睡觉才能好得快。"

虽然还想和妈妈聊天，却担心她的身体太累。

这一晚，我牵着妈妈的手，睡得很甜。我猜，妈妈也是。

29

第二天早上8点半，秦朗和爸爸就带着买好的早点来了，小米粥，素包子，妈妈吃得很香。刚吃完，医生就来查房了，简单问问妈妈的情况便离开了，有秦朗和爸爸陪妈妈聊天，我可以放心地去洗手间洗漱了。洗漱回来时，正好碰到护士通知我去医生办公室，我也正想询问医生妈妈的严重程度，以及是否可以出院。

到了医生办公室，医生将一张印满字的文件递给我，并对我说："如果患者生命垂危时，需要紧急抢救，家属是救还是不救？你仔细看看，如果同意就签字，因为一旦有紧急情况没时间商量，都是提前签字的。"

我拿着写满医疗术语的文件，根本不明白医生的全部意思。

"不好意思，医生，我没有特别明白是什么紧急抢救？"我弱弱地问。

"就是上不上呼吸机这些。"医生淡淡地说。

我脑海中想起曾经网络搜集的资料，就是切开气管，强制干预的抢救治疗，而这样的治疗，除了增加病人的痛苦，延长的生命时间也没多久，被延长的生命多数也没有意识，而有意识的更惨，只是觉得疼，但没有办法说话没有办法进食。

"呼吸机，就不要了，我不想让我妈那么痛苦。"我坚定地说。

"那患者有生命危险，我们就直接放弃抢救了啊。"医生说。

这句放弃抢救听得我惶恐。

"嗯，反正不要呼吸机。医生，您觉得呢？"我明知医生不会给这样的建议，还是忍不住问。

出乎意料地，医生回答了我的问题："我觉得你的选择是对的，没必要过度医疗，如果是我的家属，我也会选择放弃抢救，让患者多活一个星期两个星期的没意义，只是活人的心安，患者是遭罪的。"

医生的话，坚定了我选择放弃治疗的信念，也许是经历了太多生死，医生才能这样看透生命终点不该有的挣扎。

"那，我妈妈现在能出院吗？或者还有什么其他办法？"我问。

"出院肯定是不行了，在这儿输液还能让她心脏舒服些，即便不用呼吸机的情况下，有危险情况，也可以用药尽量控制。如果你还想转去更好的医院，转院也可以，但是，目前的身体状况，其实转院意义不大了。"医生说。

"嗯，那就在医院住院，能换个单人间吗？昨天的房间太吵了，我妈睡眠不太好。"我想找个舒适的环境给妈妈。

"住院的话，肯定不在重症监护室，昨天是情况比较危险。但是，医院现在没有单间，只有三人间。"

"那麻烦您帮我安排个三人间吧，谢谢您。"说完我转身走向门口。

快走出门时，我想起一个医生可能不会回答我的问题。

"对了，医生，我还想问您一下，我妈还能活多久？"问这话时，我的心疼了一下。

医生眉头皱了一下，说道："目前的情况，往好了说，两个星期或者 20 天吧。"

我的脑内尽是嗡鸣声，这样的倒计时，未免太快了，妈妈确诊到现在才三个多月的时间。癌症的发展速度怎么能这么可怕，而且前面妈妈咳嗽都好转了，除了浮肿没有其他觉得很明显痛苦的预兆。我以为妈妈最差也能活一年，甚至三年吧，怎么就剩20天了？我的眼泪不自觉地落下。

"哦，我知道了。谢谢您，那后面会不会很痛？如果生命长度没有办法控制了，可不可以不让妈妈那么遭罪，可不可以不让她疼？"除此之外，我不知道自己还能为妈妈做什么。

"癌症，都是会疼的，基本都是用吗啡止疼，后面我们会尽可能让她减少疼痛。你们家就你一个孩子吗？经济会不会有问题？"医生好心地问道。

"嗯，就我自己，经济没有问题，您就给妈妈用最好的药吧，只要不让她疼就可以。谢谢您跟我说这么多，拜托了。"我边说边给医生鞠了一躬。

离开医生办公室后，我蹲在走廊的角落，让自己的眼泪肆意流淌。

我不想再控制悲伤的情绪，也无法控制了，一切都是预料之外，一切都是认知之外，我想起了那句"生死之外，再无大事"。

曾经，我以为重要的复仇，重要的事业，那些破碎的爱情、友情、亲情，在生命面前是如此的微不足道，如此的可笑幼稚，甚至比不上尘埃。我的脑海里全是妈妈的笑容，像电影画面的回放一样，越"看"这些画面，我越止不住地流泪，顾不得别人的异样的眼光。这一刻，我是丢了妈妈的孩子。

　　怕妈妈担心，不敢悲伤太久的我，哭了一会儿，就去洗手间洗干净了鼻涕眼泪，重新带着笑容，走进重症监护室。

　　我和父母说，医生让住院观察，因为心脏需要观察的时间比较久。父母总是很信任我说的每句话，这让我既欣慰又惭愧，毕竟我一直在骗着他们。

　　换好了三人病房后，我和秦朗出去买午饭，出了医院大门，我拉住秦朗，想跟他说我的决定。

　　"医生说我妈最多可能就剩二十天了。"我哽咽道。

　　"不能吧？别听医生乱说，阿姨吉人自有天相。你看，刚才还有说有笑挺精神的呢。"秦朗安慰我。

　　"你不用安慰我，我有心理准备的。我想让我妈走之前看到我结婚，这样她就不遗憾，也就放心了。你能和我结婚吗？"我淡淡地说着重大的决定。

　　虽然，我不能接受秦朗的欺骗，虽然我曾说过永远不会原谅他，可想到自己再没有什么可为妈妈做的，我就觉得一切都不重要了，可能爱情和婚姻就是那么一回事吧。人，怎么能那么自私地只为自己活呢？我应该尽我所能地让妈妈幸福。

　　"如果，你不是冲动的决定，我们结婚吧。"秦朗认真地说。

　　"嗯，我想得很清楚，你应该知道我比较理性。我不是冲动做决定的人。"我回答。

　　"好，那我们结婚。我会好好照顾你一辈子，再也不会让你难过生气了。"秦朗满脸幸福。

我笑着看向秦朗。"嗯。"心底却做不到相信他。

和秦朗确定了结婚的事之后，我给远在家乡的亲戚打电话。此时此刻，我不得不告知大家真相，我不知道哪天妈妈会突然再严重，我怕他们没法看见妈妈最后一面。

妈妈平日总是关心各个亲戚家的事，所以人缘向来很好。我这一通知，和妈妈平时走动最亲密的，二姨家的 5 个姐姐和舅舅家的 4 个兄妹第一时间赶到了北京，连年近八十，从不出门的二姨也来了，姐姐们没有告诉二姨实情，可二姨像是心电感应般，觉察不对，坚决要来看妈妈。大姨和舅舅去世得早，三姨远嫁，只有妈妈和二姨相互依靠。

妈妈是姥姥最小的孩子，只比二姨的大女儿大一岁，其他哥哥姐姐基本也和妈妈相差不超过 10 岁。妈妈辈分虽然高，但在我看来，他们之间却更像是兄弟姐妹。在那个重男轻女的年代，姥爷不是很喜欢调皮的妈妈，所以，妈妈小时候几乎是在二姨家长大的。直到长大嫁人后，妈妈也把二姨家当成娘家一般，后来我初中的那次搬家，妈妈和二姨更是成为邻居。逢年过节，我们都是去二姨家凑热闹。

因为我告诉了亲人们，妈妈不知道自己的病情，所以，大家也都配合我一起"演戏"给妈妈，只是表现除了担心和忧伤，没说别的。大家的到来，虽然让妈妈觉得过于兴师动众，但却开心极了，毕竟在北京的这几个月，她一定觉得是孤独的，只能视频聊天，远比不上面对面的，亲人和朋友的陪伴。

哥哥姐姐们的到来，除了带给妈妈久违的快乐，还带给了爸爸沉重的伤痛。他们以为爸爸是知道这一切的。在家里，把妈妈的病全都跟爸爸说了，我回家看到爸爸的时候，爸爸明显哭过的眼睛和无助的眼神，让我心疼。

"你妈得了这么严重的病，自己扛这么久，你咋不早跟我说呢？"爸爸心疼地问我。

这一问，把我的眼泪问了出来。

我流着泪说："说了也改变不了什么，只是多了一个人难过，我不想让您难过，我也担心您知道了，就瞒不住我妈了，所以我就没说。但是，我也怕后面对您打击太大，一点点铺垫了妈妈的身体情况不太好，我不是说过有一些结节吗。"

爸爸恍然大悟道："你说结节，我也没当回事，以为就是结节淤堵，没什么呢。你自己扛这么久，多累啊，我姑娘是真的长大了啊，太能扛了。"

我想缓解沉重的气氛，故意调侃道："我的表演没白学吧？您都看不出来，我都多大了还不长大，都快 30 了。"

爸爸破涕为笑道："嗯，没白学，就是心疼我姑娘自己心里装这么多事。"

除了爸爸，哥哥姐姐们也惊讶于我的成长和变化。我知道，他们对我的记忆还停留在小时候叛逆不懂事的印象中。

那天，安慰完爸爸，紧接着安慰我那年近八十的二姨，我对大家说，我妈一直都特别坚强，不管发生什么，总是笑着说没事儿，咱们也要像她一样坚强，不要在她面前流泪，要开心，要陪她笑，这样也是对她的身体好。如果我们难过，就躲起来悄悄难过，不要让她猜测自己的病情，或者担心大家。大家十分认可我的安排，我就这样成了大家的主心骨。

为了不让妈妈多想，并没有告诉妈妈二姨来了，所以，二姨留在家里给妈妈换着花样地做饭。哥哥姐姐们轮流送饭陪妈妈聊天，给她按摩，一切井然有序。我只顾着医院的一切，秦朗自然替我照顾好了家里的亲人们。

住院后的第3天下午，爸爸和二姨家的大姐与我商量，想要带妈妈回老家，因为在这也是等死，应该让妈妈回家，原因有两个：一是爸爸坚持的入土为安，北京毕竟不是家，而且医院必须火化，爸爸不想让妈妈火化；二是大家一致认为，得让妈妈临终前见到所有亲戚朋友，不能让她留有遗憾，北京太远，不方便大家来，来了也不好安排照顾。

这两个原因，也是我在意的，所以无法拒绝。

只是我家住在六楼，妈妈自从那天进了重症监护室后，双腿已经没有力气走路了，每天只能坐在床上，怎么上楼呢？

大姐说，二姨让妈妈住在二姐买的一楼，二姐平时住在市区内，不太回来，房子基本闲置，这样也方便二姨看妈妈，因为二姨就住在隔壁单元的一楼，只有一墙之隔。

住处解决了，我还需要解决医疗问题。

当天，我就找医生说明了情况，医生表示理解，却不能给我提供现在妈妈输液的药品名称。我央求了医生很久，医生终于给我写下了药品的名称，并告诉我什么药品是什么作用。我感谢再三，便准备办理出院手续。

在办手续之前，我还需要问问妈妈的想法。我担心她的身体能否支撑。

我跟妈妈说，现在身体静养就可以，没什么大事，医院输液的药品老家我能找人找到，在家输液就行。当我问妈妈愿不愿意回老家静养时，我从妈妈的眼睛里看到了光亮。

妈妈激动地说："当然愿意回去了，早就想回家了，可不想在医院待着了，吃不好睡不好，还折腾大家。"

"可是长途需要十个小时呢，要是车开得慢，估计要十二个小时。您能坚持吗？会不会太累？"我问。

"能坚持，能坚持，不就十二个小时吗。没问题，只要能回家，就心情好。"妈妈像小孩子一样向我做保证。

看到妈妈的态度，我想着送她回家的决定是对的。于是，我跟医院预定了120救护车第二天一早出发回老家。当天晚上，又拜托在家乡三甲医院药房上班的小学同学，给妈妈准备和北京相同的药品，氧气瓶，并采购一台心脏监视器，以便随时监测之用。

一切准备就绪。第二天一早，我和爸爸陪妈妈乘坐救护车，其他人坐动车返回老家，为了我的结婚计划，秦朗开车接上他的父母准备一同前往。

出发前，爸爸接到了刚得知消息、准备赶往北京的叔叔们的电话，爸爸告知他们说今天就会回老家，让他们去老家看妈妈。动车比开车速度快，所以，哥哥姐姐们可以提前到家给妈妈整理物品，联络镇医院的护士每天来给妈妈输液，以及按我对妈妈隐瞒病情的要求，通知其他亲人。

一路上的颠簸，让本就衰弱的妈妈，日渐衰竭。救护车上的心脏监视器警报不停地响着，警报器的声音让我紧张至极，我真担心妈妈不能坚持到家，见到她想见的亲人和故土。妈妈紧闭着双眼躺在狭窄的病床上，眉间的悬针纹更深了，脖子上的淋巴结也更肿了。我用手机给妈妈播放着她喜欢的佛教音乐，妈妈也随着音乐，嘴巴一张一合不出声地念着"阿弥陀佛"。一辈子虔诚信佛的妈妈，不会任何经文，只会这四个字"阿弥陀佛"。

为了解决上厕所的问题，出发前妈妈穿了成人纸尿裤。没有经验的我，不懂得上过一次厕所就要换新纸尿裤。妈妈怕麻烦我，也没有和我提更换纸尿裤的要求，一条纸尿裤一直撑到了目的地，这也是后来导致妈妈尾骨附近褥疮的主要原因。

天渐渐黑了，晚上八点半，终于到家了。

一千公里的路程，救护车不停地开了十二个小时。

救护车门打开前，我看到车外人头攒动，救护车的医生让我们将妈妈盖的棉被裹紧，免得受风。一切准备好之后，医生将车门打开，早已等候在此的亲人们，配合着医生将妈妈的担架床抬下车，直奔二姐家一楼室内。主卧已经准备好了从镇医院借来的和北京医院一样的有靠背可升降的病床。氧气瓶、心脏监视器都摆在了床边，卧室俨然成了一个小型病房。

将妈妈放到自家病床上之后，救护车便离开了，我顾不上和众多亲戚打招呼，赶紧去卧室照顾妈妈。大姐和我给妈妈更换衣物，擦拭身体，又将氧气和心脏监视器给妈妈用上，爸爸在客厅和亲戚们交流。

客厅的说话声音越来越大，我对妈妈说，太吵了吧？我让他们小点声。妈妈却说，让他们说，我愿意听他们说话。

我和大姐相视一笑，都明白妈妈是想大家了。

回到老家的第一个夜晚，就是这样惊慌又热闹。

30

回家后，妈妈的状态好了许多，昨天还是奄奄一息的样子，今天就目光有神，说话声音也底气十足了，我感叹亲人带给妈妈的力量之大。我和秦朗准备结婚，是让亲朋好友聚齐，又不让妈妈疑虑的最好借口，于是人们越聚越多，远在外省的三姨和其他亲人们也都赶来了。

为了不让妈妈太累，像医院控制探视规则一般，每次，我最多只让两三个人进卧室和妈妈聊天。离开后，我都要问妈妈要不要休息？妈妈总说不累，更愿意和大家聊天。

大家对妈妈络绎不绝的探望，让我感受到了家族的庞大，以及妈妈在家族里的重要性。同时，也让我感受到了亲人的温暖，我很庆幸有这样一群爱着妈妈的亲人在身边。

第二天，晚上九点，秦朗开车带着父母到了老家。本以为这个时间，家中应该没有其他人探望的他们，推开门的瞬间，就被客厅密集的人群震慑住了，我爸赶紧将秦朗一家人介绍给在场的亲戚朋友。一番简单的沟通后，秦朗便带着他父母来到了母亲的卧室。

秦朗母亲热情地打招呼："亲家母，还没休息呢？"

我笑着对秦朗父母点头致意。

妈妈更加浮肿的脸强撑出一个笑容说："没睡呢，辛苦了啊。亲家母，坐了一天的车，累坏了吧，吃饭了吗？"

秦朗母亲笑着说："一点也不累，这不是孩子结婚嘛，高兴啊，心情好就不累，我们路上都吃过了，放心吧。"

"对，心情好，就不累。秦朗开车累了吧？"妈妈依旧满面笑容。

秦朗赶紧接话道："我不累，开车和玩一样。您早点歇着吧，明天再聊，得早睡觉，才能恢复得更好。"

妈妈点了点头说："秦朗说得对。那行，你们也早点休息。陈卓啊，你看看给安排哪里住？让他们住得舒适点。"

"放心吧，妈，叔叔阿姨都在二姨家住，秦朗和我爸住次卧，都安排好了。"我说。

妈妈这才放心地让爸爸带秦朗父母离开。

妈妈曾经请人看的结婚日期，还有 5 天的时间才到。原本担心妈妈的身体等不到那一天，可奇迹般的，妈妈却一天比一天好转了，浮肿的身体也开始逐渐消肿。二姨每天做妈妈爱吃的菜，也控制自己不在妈妈面前掉眼泪，总是给妈妈吃完饭，出了卧室门就偷偷抹眼泪，看到年迈的二姨这样隐忍悲伤，我有些于心不忍，却无法安慰。

终于到了第五天。

这一天晴空万里，阳光灿烂，但夏日的余威早已不在，风中透着丝丝凉意。

一大早，我就和秦朗开车驶向市区的结婚登记处。原本开心喜悦的时刻，我居然很想流泪，最近的眼泪是真的太多了，看着车窗外刺眼的阳光，眼泪汩汩而下。

秦朗开着车，也注意到了我的眼泪，问："怎么了？你是担心妈妈吗？"

我抹了抹眼泪，吸了一下鼻子说："我怕她看不到我的结婚证。"

"不会的，领结婚证应该挺快的，中午就能回去。"秦朗说。

我没再说话，闭上了眼睛，秦朗也没有再说话，轻轻地拉住了我的左手。

到了结婚登记处时，没有想象中需要排队的景象，空空荡荡的大厅，倍显冷清。

我们顺着指示牌来到了拍照处，拍照前，我擦净了眼泪，和秦朗肩并肩坐在椅子上，面对摄影师，露出标准的微笑。五分钟后，照片就打印出来了。我们将照片交给登记结婚证的窗口，很快，一个带有钢印的结婚证书就完成了。

结婚，原来就是这么简单。

拿到结婚证后，我们没浪费一分钟时间，就赶紧开车返回家中。

回家的路上，我看到了秦朗面带笑容的脸庞，看到了路两旁凋零的光秃秃的白杨树，看到了正在走路的人们呼出白腾腾的哈气，看到了后视镜中灰暗无光的自己。不行，我不能让妈妈看到这样颓废的我，想到这里，我从包里拿出许久未用的口红，对着后视镜认真涂抹，将苍白的嘴唇涂成了粉红。

到家后，在早已等候的亲人面前，我将带着"热气"的结婚证摊给妈妈看，妈妈笑得合不拢嘴，连连点头，嘴里不停地念着"好，好，好啊"。

秦朗妈妈笑着说："亲家母，这回咱们可就真是一家人啦。"

妈妈也眼泛泪光，笑道："就是，就是，一家人啦。"

不知什么时候，秦朗将两个红色的小礼盒握在手里，他打开一个礼盒，取出了一枚钻戒，大小适宜的钻戒，用最简单大方的造型，展示着它的美。秦朗走到我面前，单膝跪地，拉起了我的左手，将钻戒套在我的无名指上。

秦朗温柔地说："陈卓，谢谢你嫁给我。从今以后，我会像咱爸和咱妈一样对你好，保护你，不管未来发生什么样的情况，我都不会改变我对你的爱。我会让你成为最幸福的人。"

我微笑着点了点头，拉秦朗起来。

秦朗起身后，走向满面笑容的妈妈，从另一个红色礼盒内，取出了一对黄金耳钉。耳钉的形状很像妈妈喜欢的太阳花。

"妈，这是我给您的小礼物。陈卓说过您喜欢太阳花，我觉得这个很像太阳花，您戴上肯定好看。"秦朗说。

妈妈脸上的笑容没停过，说："好，这个好，我喜欢。"

"妈，您放心，我肯定像您一样爱陈卓。从现在开始，您不仅有陈卓这个闺女，您和我爸，还多了我这个儿子。儿子也会好好孝顺您和爸，来，妈，我帮您把耳钉戴上。"秦朗说的话让在场的人都动容不已。

大家纷纷向妈妈投去了羡慕的眼光。

"对，多了个儿子，我有儿子了。"妈妈笑得合不拢嘴，眼泪始终在眼圈里打转，却不曾滴落。

秦朗给妈妈戴上耳钉后，我和秦朗在大家面前，给双方父母跪拜磕头，改口爸妈。这就是我意义非凡的婚礼，没有隆重的仪式，没有婚纱和鲜花，只有生命开始倒计时的妈妈，和挤满了人的卧室。

我给妈妈换上了提前准备好的蓝丝绒旗袍，准备一起拍张合影留念。因为妈妈的胳膊浮肿严重，我便将旗袍的袖子拆开了一些，以便妈妈可以顺利穿进去，从不化妆的妈妈，今天没有拒绝我要给她化妆的想法，任由我和姐姐给她描眉画眼，又涂了口红。

我将妈妈的披肩长发盘起，戴上了姐姐的一枚满是蓝色水钻的发夹。一切装扮完毕，妈妈和大家拍了各种大合影，一张又一张，像是在庆祝我结婚，又像是在纪念妈妈最后的时光。拍着拍着，就看到爸爸红红的眼睛，二姨三姨偷偷抹泪，大家暗自悲伤，只有妈妈一直笑着。

这一番折腾之后，妈妈略带倦意，于是大家赶紧散去，好让妈妈得到休息。我和秦朗陪妈妈在卧室。妈妈总是睡不实，因为躺下会导致呼吸不畅，所以无论白天还是黑夜，她都是坐着睡的。坐一段时间，屁股和腰都会很疼，就需要调整姿势缓解酸疼，妈妈已无力支撑自己身体，经常需要人帮她挪动身体，尽管她总是忍着不麻烦别人。随着身体的酸疼与日俱增，体力越来越差，妈妈喊我帮她挪身体的间隔也越来越短。

妈妈又开始了新一轮的浮肿消肿，除了吃饭上厕所，我和秦朗几乎寸步不离地陪着妈妈，每逢有人探望，都会夸赞我和秦朗的孝顺。每次听到这些我都十分惭愧，我惭愧自己没有早发现妈妈的病情，也惭愧这本是儿女应做的事，怎么还成了需要表扬的行为了。

尿不湿导致的褥疮，也让妈妈无法安稳地久坐。而这样的久坐，又不利于褥疮的好转，导致褥疮面积越来越大，越来越严重，为了方便上厕所，妈妈的裤子已经换成了毯子盖腿。

我让爸爸安排人去医院买给痔疮患者使用的中间镂空的充气垫也不如想象中好用，妈妈还是坐得很难受，后来我在网上找到了一种消炎贴。我买了最大型号的给妈妈贴在褥疮的位置。这果然有效，妈妈需要挪动身体时，不再觉得伤口那么疼了，但不知是否好用的我，买的消炎贴太少了，只用了一个星期就用完了，而老家市区的医院和药店都没有这样的消炎贴卖。我只能继续网购，由于发货地址太远，这中间好多天妈妈都要忍着疼痛，等待消炎贴的到来。

在等候消炎贴的间隙里，我让人从医院买了一个座位中间镂空的轮椅，将轮椅包裹到我认为柔软的舒适度，便让秦朗和哥哥们将妈妈抬到轮椅上坐着，方便上厕所的同时，还能推着妈妈到客厅转转。

每天忙于照料妈妈的我，很少有精力去关心爸爸。有一天，我去爸爸住的次卧找指甲刀，却看到很少生气的爸爸的脸上尽是愤怒。我问爸爸怎么了，他说二姨家的二姐语音信息说："老姨夫和陈卓就是盼着老姨死呢。"而这条语音信息发错了地方，发到了有我爸的微信群里。

自从妈妈生病回来后，亲戚们特意新建立了一个群，用来关心和沟通妈妈病情的进展，而二姐就是将语音发到了这个群里。我一直陪着妈妈，并没有关注群里什么时候发生了这样的事情。显然，除我之外，大家都知道了。

后来我知道，引发二姐这番言论的根源在我。因为有一次在厨房吃饭，我感慨道："如果妈妈晚期很痛苦，我宁可让她没有疼痛地早点离开这个世界，可惜中国没有安乐死，万一真的很痛，还不如一直用吗啡长睡不醒，起码不遭罪。"而爸爸在一旁肯定了我的说法。

从妈妈确诊开始，无能为力，无可奈何，无计可施，无人能懂，无法言表，无处可逃，无路可退……这些词汇紧紧包裹着我，就像厨房闲置的保鲜膜，一层层箍住了我的口鼻，让我几近窒息。

旁人眼中从不落一滴泪的我，似乎是个理性到没有情感的人。所以，我能理解，为什么亲戚会背后窃窃私语，怀疑我对妈妈的感情。我就是大家口中的冷血动物。

我和爸爸关于安乐死的感叹，就这样被人曲解谣传。我不在意别人对我的误解，可是看着憔悴到不成样子的爸爸，我的心很疼。难道她们看不到爸爸的伤心？看不到爸爸对妈妈的好？还是真的以为我和爸爸不如她们和妈妈的感情深？

人们总是能对和自己无关的事情轻易评判。

31

这并不是二姐第一次惹爸爸不高兴，妈妈从北京回来的第二天，二姐就跟爸爸哭起来了，她说："老姨夫，我就张哲海这么一个儿子，我老姨要是死在我这个房子里，我也对不起我儿子啊。你让我咋跟他爸交代啊？"爸爸问她，当初怎么想答应的呢？二姐说，当初没以为老姨真能死，再有二姨逼她，她也不敢不同意。而最后的解决办法就是让我爸买下这个一楼，没什么积蓄的爸爸只有找叔叔商量，叔叔听了很生气，说："没事，哥，房子我买了，镇上的房子也不贵，不就 20 万吗？我不怕我嫂子死在我家，真是太过分了，这种时候说这个话。"

爸爸和叔叔的对话刚好被秦朗听到了，秦朗感谢了叔叔的好意，决定由他把这个房子买下，不让爸爸被人为难。而这一切，都是在我不知情的情况下进行的，房子买完后爸爸才告诉我。

秦朗对妈妈的耐心和孝顺，以及背后为我做的这一切，都让处于艰难之中的我心存感激，但仍然无法抵消他带给我的伤痛。

而在二姐的这番言论之后，二姨家的姐姐们也开始怀疑我是否真的给妈妈检查清楚，想要再去医院带妈妈做检查，可让我没想到的是，她们怂恿了舅舅家的两位哥哥直接跟我妈沟通。

那天中午，妈妈在客厅由舅舅家的两个哥哥陪着，我就放心地在卧室整理衣物。忽然，客厅传来妈妈的呼唤声，闻声我赶紧跑到客厅。

"怎么了，妈？"我轻声问道。

"陈卓，你再带我去医院检查检查呗？"妈妈用近乎央求的语气跟我说。

听到妈妈这样小心翼翼的语气，我的心很疼，又无可奈何。

"在北京咱们看的都是最好的医生啊。您现在就是心脏的问题，不能着急上火，怎么突然想再去检查呢？"我几乎快要编不下去安慰妈妈的理由了。

"我是想，这么长时间还不好，是不是医生看错了呢？"妈妈小声地说。

"去医院还要坐那么久的车，您的心脏能坚持得了吗？"我问。

"我坚持一下呗。"妈妈笑着说。

"那不是坚持的事啊。您记得上次在北京心脏不舒服的时候，很危险的。"我试图用心脏的问题劝阻妈妈。

此时，舅舅家的大哥接话道："是我们想让我老姑去再检查的，前两天都好起来了，这两天又浮肿严重，还不好，肯定就是看错了。"

大哥比妈妈小一岁，虽然我称呼为大哥，却更像是我的长辈。大哥一直生活在这个小镇，向来淳朴，我猜到这应该不是他的想法。

　　"大哥，是我姐姐她们和你说的吧？但是我真的在北京检查很彻底了，不会看错的。"我暗示大哥妈妈肺癌的诊断没有问题，也希望他不要再提这件事。

　　"那不行，必须得再查查，就算你姐她们不说，我也觉得该查。这不是谁说不说的问题。"大哥的声调明显升高。

　　"这是我妈，我说了算，你们觉得我会害我妈吗？"我不争气地落下了眼泪。

　　妈妈生病以来，我一共在她面前落过两次眼泪，一次是在重症监护室我向妈妈道歉，一次就是此刻。

　　大哥高声喊道："这是我老姑，我们老余家人，不能你想怎么就怎么。"

　　妈妈一看我和大哥吵起来，连忙说："别吵了，别吵了，都是为了我好嘛。陈卓，你不能跟你大哥那么说话啊。妈不去医院看了，你们别吵了，这不是让妈难受吗？"

　　连成线的眼泪顺着我的脸颊流下。

　　"妈，我不吵了，不是我不带您去医院，不是我不想给您治病，您现在心脏不行，我不能折腾您啊。等您好一些，咱们再去医院行吗？妈，您是相信我的对吗？我是全世界最想让您好起来的人。"我彻底情绪失控，哭着对妈妈说。

　　"那我能不信吗，肯定信啊。谁能有你对我好，咱不去医院了，别哭了啊。要不我该着急了，你不是说我不能着急吗？"妈妈哄着我说。

听到妈妈这样说话，大哥也不再说话了。

这时，秦朗和爸爸刚好买菜回来，算是打破了悲伤沉闷的气氛。

但事情却并没有就此结束，姐姐们连续几天取走妈妈咳出的痰，拿去市区她们认可的医院和专家再次化验，直到检查结果出来，确定是小细胞肺癌，她们这才罢休。姐姐继续我之前的谎言，对妈妈说，咳嗽和呼吸不畅，就是肺部炎症，其他就是心脏的问题。虽然哥哥姐姐让我很为难也很气愤，但想到他们是为了妈妈好，我就选择了理解，也正是因为再次化验，让妈妈的心更踏实下来了。

在确定妈妈是绝症，时日无多时，哥哥姐姐们来得也越来越少了。我更愿意相信他们是悲伤过度，无法面对妈妈，也不想与"人走茶凉"这样的词汇挂钩。

两个星期后，妈妈不再浮肿，却时常觉得心脏内部很热，经常需要喝冰水，用冰毛巾敷在胸口，心率也从40忽然升到200。妈妈明显瘦弱许多，昏睡时间也更多了，而醒着时，开始说她看到了一些我们看不到的鬼魂，不停地念着"阿弥陀佛"。我和爸爸、秦朗都陪着妈妈一起大声念着"阿弥陀佛"，用这样的方式给妈妈力量。在没有"鬼魂"干扰时，妈妈和往常一样和我聊天。

有一天，卧室只有我和妈妈在，秦朗和爸爸在客厅看电视。

妈妈忽然笑着对我说："到了一定时候啊，人就都不来了。"

"妈，你是说到时候人就不来了？到什么时候啊？刚才我叔叔和三姨家的姐姐，不还在呢吗。现在这不是到晚饭的点了，都吃饭去了，吃完饭就过来啦。"我怕妈妈失落，赶紧解释。

妈妈笑了，说："嗯，是啊，吃饭去了，吃完饭就来了，不是到时候了。"

我忽然意识到，妈妈应该早就知道自己的病情多严重，不然不爱化妆不爱拍照的她，怎么一直坚持配合？不然怎么这样仓促催我领结婚证？与其说我的表演很好，不如说是妈妈一直在配合我的演出。我们一直演戏给彼此看，谁都不触碰真相，只是为了让对方不那么难过。

我赶紧岔开话题，生怕自己控制不好情绪，再当着妈妈的面哭。

"妈，等您好了，我还要带您出国旅游，我都没带您出去过。"我深感遗憾。

"怎么没带我旅游啊，不是去了张北了吗。我就觉得那儿特别好。等我好了，你再带我出国，让大家都羡慕咱们，以后会越来越好。"妈妈的眼神闪着光，似泪光，又似映射的灯光。

"嗯，越来越好，就像您爱听的那首《越来越好》唱的一样，让大家都羡慕咱们，但张北不算旅游，以后我带您出国旅游。"我强忍泪水，说得像真的一样。

妈妈忽然跳转话题："你记得吗？你小时候，咱们看电视，总是猜后面发生什么，每次都猜对。"

是的，我忘了，我忘了很多很多。我自顾自追着时间跑，忘了爸妈也会变老，忘了来时的路，也忘了我是谁。

但我记得，妈妈猜电视的结局从来没错过。

我强装笑容说："记得啊，每次咱们猜的都对。"

"陈卓，你给我跳个舞呗。"妈妈对我说。

"跳舞？跳什么舞啊？"我很意外。

妈妈柔声说："随便跳呗，就像你小时候那样跳。"

我笑着说："我小时候老给您跳舞哈，现在都忘了怎么跳了，那我就随便扭了啊。"

"嗯，随便扭。"妈妈期待地看向我。

我起身准备跳给妈妈看，竟然有些羞涩，匆忙扭动了几下。

妈妈却看得津津有味，满脸幸福。我想，她是看到了小时候总是给她跳舞的我。

笑着笑着，妈妈的眼睛有些睁不开，又说腿有些疼。癌症已经开始让妈妈感到疼痛了。我知道妈妈太能忍，所以她说疼，应该就是非常疼了。我赶紧将早已准备好的吗啡片给妈妈吃下，好让她安稳地睡一觉。

吃了药后，妈妈很快就睡了，像昏迷了一样。我明白，妈妈支撑不了多久了，还能为她做什么呢？

我知道妈妈对自己的信仰十分虔诚，我要让妈妈在去世前

220

找到自己的归属。于是请来了香火闻名的寺院的大师父们一行6人来家里，给妈妈诵经，带她皈依佛门，并给妈妈取法号为"果莲"。

我对妈妈说这是祈福，有助于病情好转，妈妈很安心，虽十分虚弱，却还是开着玩笑说，信了一辈子佛，只会念"阿弥陀佛"，这回终于找到组织了。大师父对妈妈说，什么时候相遇都是缘，什么经文都不需要，做好人好事，一句"阿弥陀佛"足够了。

我很想让妈妈再看到春节才有的烟花，于是让爸爸找地方买烟花，可是不是临近春节，烟花很难买。爸爸到处托朋友，在妈妈回到老家的第20天晚上，终于买回来了我想要的烟花。我将妈妈的轮椅推到客厅床边，秦朗和爸爸在窗外点燃了所有的烟花。

我问妈妈："好看吗？"

妈妈微笑着虚弱地说："好看……真好看啊……怎么看也看不够……"妈妈的眼皮已无法像从前那样有力地睁开了。迷离的眼中尽是烟花绚烂，只是再美的烟花，也没有办法挽回妈妈的生命，没等看完全部的烟花放完，妈妈就昏睡过去了。我真怕妈妈就这样睡着离开，却又希望她能平静且不痛地离开。

第二天上午九点，妈妈醒来了，并没有就此睡去。我感恩自己和妈妈的时间又多了一些，无声流泪的爸爸把我拉到一边，悄声地对我说："你告诉你妈别撑着了，你不说，她还会坚持的，别让她这么累了。"

听了爸爸的话，我流着泪看向靠坐在床头的妈妈，她的头轻轻歪向一侧，显然脖子已经没有了支撑头部的力量，眼睛也再没力气睁开了，微弱的呼吸在胸口起伏。我不明白，昨天妈妈还能和我说话呢，怎么忽然就这样了呢？我想爸爸说的是对的，我抹了抹眼泪，笑着走向妈妈。

我将妈妈轻轻揽入怀中，让她的头靠在我的肩膀，轻轻亲了亲妈妈的额头，开始了我和妈妈的告别：

"妈，您是不是累了啊，如果累了，就睡吧，不要撑着了，我会心疼的。我跟您说啊，您不要和爸爸生气，他不是不在乎您，不是不过来看您，是他控制不好自己的情绪。他怕他哭了让您难过，他没有咱们两个坚强。爸爸非常非常爱您，只是不会表达，他太笨了，但是您聪明啊。您就不要和他一般见识了。"

我不知道她还能不能听到我说话。我只能喋喋不休地说下去，生怕无法承受声音消失后空洞的寂寞。

"还有哦，妈，我不是不给您治病，是因为没有办法治了，我不想让您难过，所以一直没有告诉您。您是肺部有很严重的问题，有结节，然后引发心脏也出了问题，我知道您都明白的，只是从来不说。妈，其实死亡并不可怕，生老病死很正常的，每个人都会死掉的，但不代表我们会因此分开，都是暂时的。您不是信佛么，佛教说西方极乐世界，生命结束的时候，您的灵魂会看到很多景象，不管什么电闪雷鸣都不要害怕，都是假的。

您要一直念着'阿弥陀佛'，等着佛祖来接您，然后您在天上保佑我，等我生命结束的时候，您再来接我，我们一起去极乐世界。"

妈妈双目紧闭，身体无力地靠在我身上。

她已经不能说话了，却尽力发出"嗯"的声音，回应我。

"妈，我们都是不善于表达爱的人。我知道您很爱我，就像我很爱您一样，虽然我懂事得太晚了，可是，如果有下辈子的话，我还想要您做我的妈妈，或者我做您的妈妈啊，换我保护您，您不是说我是您的保护神吗？所以不要怕，不管在哪里，我都是您的保护神，您也是我的保护神。您放心，我会好好照顾爸爸，也会对您的亲人都好，虽然我和大哥吵架了，可是我明白他们是为你好，我不会真的生气的，我会像您在的时候一样对他们好的。我也会和秦朗好好生活。您放心地睡吧。我抱着您睡啊，睡吧……"

我在妈妈弥留之际安慰她，也在安慰自己……

"嗯……"妈妈的声音越来越远。她的眼角渐渐渗出混浊的泪。

在这长篇大论的最后告别中，我没有流一滴眼泪，因为妈妈信仰的佛教说，亲人流泪会让逝者难过，不忍心离开，无法去极乐世界。

我擦去妈妈眼角的泪水，就这样抱着妈妈，直到心脏监视器的曲线变成直线，直到秦朗说："陈卓，把氧气拿掉吧。阿姨走了。"直到亲人们纷纷赶来。

在家人的帮助下，我用毛巾把妈妈的身体擦拭干净，将我在妈妈弥留之际，提前去寿装店挑选的、我觉得好看的紫色衣服给妈妈穿戴好，我静静地看着毫无呼吸的妈妈，触摸她逐渐丧失温度的身体。这是我第一次接触死亡，却不觉恐惧，只是深深的不舍，我就这样失去了世上那个最疼我的人。

妈妈的离世，留给我"子欲养而亲不待"的遗憾。

32

妈妈的葬礼分为两个部分。一个是按我的请求，尊重妈妈的信仰，用佛教的形式举办的，寺院的师父和居士们到场给妈妈诵经助念，让她可以安心走入极乐世界。整个葬礼，不能有人当着妈妈的遗体落泪，忍不住悲伤的人都要避开妈妈的遗体。

另一个是尊重老家习俗和亲人们的想法，一楼窗外的空地上搭起来了戏台，摆起来酒席。当地的说法是，如果谁家有人去世，无声无息就是不重视的，也没面子的。

这是我能想到的两全其美的办法，满足活人的面子和逝者的信仰。

席是素斋，不杀生。

灵堂里庄严肃穆，焚香诵经，而院子里则吆五喝六，戏台上吹吹打打，仿佛两个不同的世界，然而这两个世界统一于我们对逝者的思念。

　　出殡那天，才是深秋的天空竟然飘起了小雪花。妈妈曾说，她喜欢听鞋子踩在雪地上的"咯吱"声，今天，竟然奇迹般地下雪了。我愿意迷信地相信，这是上天专门为妈妈下的雪。

　　我打着灵幡走在灵车前面，秦朗手捧着妈妈的遗像走在我身旁，我们身后是两排长长的送行队伍。一路上，都是轻轻的"咯吱"声，直到走出小镇的街道，众人才坐上车前往墓地。

　　妈妈长眠于爸爸提前选好的一处高山上。爸爸说，他死后也要和妈妈一起埋在这里，这是我听过最动人的情话。

　　我站在妈妈的墓地看向远方，正是爸妈生活了一辈子的小镇全貌。我似乎懂了爸爸对妈妈的深爱。妈妈坟墓旁边生长的干涩植物，于我眼中，都是太阳花。我折了一枝带在身边，后来把它夹进我最爱的书里，做成了书签，就如妈妈随行。

　　我从妈妈墓地的角度拍下了一张小镇全景，发了朋友圈，@了妈妈看这条信息，并配上文字：

　　有种爱的意识，叫作"你离开以后"；

　　有种爱的固执，叫作"听妈妈的话"；

　　有种爱的深刻，叫作"不留痕迹"；

　　有种爱的表达，叫作"无声无息"。

　　这是属于我和妈妈的仪式感，我觉得她能够看得到。

出殡回来的当天下午，宾客尽散，我和爸爸、秦朗开始整理妈妈的遗物。

妈妈常用的背包里，放着几年前我坚持要拍的一张全家福，还有一张我的一寸照。看到照片，我才知道妈妈对我的爱是深不见底的，一阵巨大的痛感向我袭来。一切喧哗散去后，我才真切地感受到死亡的存在。

正在我感叹之时，我的电话响起，是二姨家的四姐打来的，电话的来意是问我，整理遗物时是否看到她曾给妈妈买的金项链，她想拿回去作为纪念。那是她出国工作时，拜托妈妈替她带了四年孩子，作为感谢，送给妈妈的礼物，如果我想要留作纪念，她就不要了。

我告知姐姐才出殡回来，没有整理完，便挂了电话。我愿意相信她只是为了纪念，和金钱无关，但这样"及时"的电话，仍然让我有些难过。

从妈妈生病回来时，大家对我和爸爸的质疑，到后面确定妈妈活不了多久，对我和爸爸的疏远，一切都是因为我不是亲生的。大家质疑我，似乎是合理的。妈妈去世之后，我好像就只有爸爸这边的亲人了，如果我是亲生的，我就能成为爸爸和妈妈那边亲人的纽带，可我不是。

曾经发生的一切，都像断了线的风筝，无迹可寻。

妈妈的衣物送人的送人，烧毁的烧毁，遗物整理的速度，就像罪犯急于毁灭证据般干净利落。

葬礼结束后，四叔带爸爸去海南散心，我和秦朗开车返回北京，而回到北京后，才是悲伤真正开始的时候。

我让秦朗给我一个人静静的空间，我独自回到了和爸妈一起租住的房子里，看着妈妈生活的痕迹，就像她才下楼遛弯一样，空气里都是妈妈的味道。妈妈离开后，才发觉自己像是一个孤儿，这不就是小时候自己想要的无牵无挂，无拘无束吗？可感觉怎么那么像眼里揉进了沙子。我躺在妈妈睡过的位置，很想放声大哭一场，却发现习惯隐藏悲伤的我，居然不会放声大哭……无声的眼泪流也流不尽，直到哭睡着了，梦里，我终于放声大哭了一次。原来醒着不哭的人，梦里也会哭。

我蜷缩在空寂的房间，眼神空洞。

一阵电话铃声，来电显示是那个给我生命的陌生女人，任由电话铃声一遍又一遍，我也没有接，因为不想。

电话安静后的片刻，手机微信收到了一条新消息。我打开手机屏幕，还是她。

"我看你发朋友圈，你妈妈去世了，你是不是很难过啊，那么好的一个人，怎么说没就没了，你在哪里呢？我很惦记你，想去看看你。"看着这些文字，我觉得讽刺，像是看到了一个好笑的笑话。

人，怎么能自以为是得这么厉害，得寸进尺得这么夸张。

看来，每个人都对自己充满了极大的信心，却都长了双视力不好的眼睛。

我之前偶尔回应她，是因为她是个女人，且抛弃我时年纪尚轻，是我的善良，不是原谅和接受。现在看来，她明显误解了，把我当成了"自己人"。

我给她回复了一条信息："永远不要做不合时宜的事，人总是要为曾经犯的错买单的，以后不要和我联系，否则我就会换号码。我们只是不该擦肩的陌生人，望自重，勿回。"发完这条信息，我有种如释重负的清朗。否则，我会觉得和她联系，就是对妈妈的背叛。

她确实没有回复我，我不在意她是否伤心，因为那是她应该承受的。每个人都在承受各自该承受的一切，没什么值得同情的。

33

两天后，小川约我和秦朗吃饭，我们又去了第一次认识秦朗的那家火锅店。

小川还是老样子，一点也没变，短发，装扮休闲随意，像个假小子。她什么都不说，上来就给了我一个有力的拥抱。

和她拥抱的时候，我感受到了一股久违的温暖——我独自蜷缩太久了。

　　"从一开始，秦朗就对你有意思，我早看出来了，所以，没看后来我就不怎么帮你忙了，给你俩制造空间啊，就你傻，什么也不知道。不过，我还真是挺意外这么快你俩就结婚了的。"小川狡黠地说道。

　　"我怕我妈看不到我结婚，所以就得抢时间啊。"我说。

　　我并没有告诉过小川，秦朗之前四处暧昧的事情。

　　既然秦朗已经改过自新，我也不想揪着过往不放，也许可以一起好好地，开心地活下去呢？

　　秦朗笑着接话道："二位，咱们先点菜啊，不饿么？咱边吃边聊呗。"

　　秦朗总能把我即将压抑的情绪，拉回正常的轨道。

　　我们像初识时，边吃边聊了起来，只是这次，秦朗坐在了我的身边。

　　吃到一半时，我的电话响起——未知号码，刚好我要去洗手间，我边往洗手间走去，边接起了电话，电话的另一端传来了一个年轻女子的声音。

　　"你是陈卓吧？"对方没好气地问。

　　"我是，你哪位？"我问。

　　"我是秦朗的前妻，我给你打电话，就是想告诉你，拆散别人家庭的人不会有好下场，给自己积点阴德吧。"对方几近破口大骂。

"等一下，什么意思，什么叫我拆散别人的家庭？"我轻轻将门关上。

"你装听不懂话是吗？就是因为你，秦朗宁可净身出户也要跟我离婚。离婚没两个月，这就跟你在一起了，还骗我外面没人。要不是我雇人跟踪他，还被蒙在鼓里呢，勾引别人老公，就不要装清纯无辜了，你妈怎么有你这么丢人的姑娘呢？"她继续骂着。

"不好意思，你说的事，我都不知道，但是我警告你，不要说我妈，如果真的像你说的这样，你早怎么不找我，现在才想起给我打电话？"我很生气。

"我雇的人才查明白，才刚给的我电话号码，早有早替你妈教育你了，还惯着你吗？"她越说声音越高。

自以为了解一切的人，总是聒噪激昂。真正了解的人，才会安静淡然。

我不想听她继续破口大骂，直接把电话关机。

想到秦朗曾经对我的温柔和爱意，原来一直伴随着那么多的谎言。

我看着洗手间镜子内的自己，忽然想笑，生活总给我各种意外，没完没了，什么时候才能正常呢？还是说，生活的本来面目，其实就应该是如此的面目全非？！

我已经不想再思考了，觉得很累很累，累到没力气愤怒。

我平静地回到餐桌，就像什么都没发生一样，继续吃火锅，聊天，总不能当着小川的面讨论这么尴尬可笑的话题吧。

吃完饭回家的路上，秦朗一直跟我规划蜜月旅行的事情。

我用漫不经心的问话打断了秦朗的碎碎念："你结过婚啊？"

秦朗刚刚挂在脸上的笑意瞬间消失，空气有些凝固。

"嗯，是啊，那天领结婚证的时候你不是看到我拿了一个离婚证去的吗？我看你没问，我就没说了。"秦朗说。

"那天，我没注意，光想着我妈了，还真没看。"我的注意力，确实都在担心妈妈能不能看到我的结婚证上。

"啊？那么大个离婚证你没看到啊，那你怎么知道我结过婚的？"秦朗诧异。

"刚才我接到你前妻的电话了，她说是我拆散你们的。"我平静地说。

秦朗的脸上闪过一丝惊慌，他说："她怎么有你的电话？听她胡说呢，我本来就要跟她离婚的，只是恰巧那时候你出现了。"

"她说她雇的私家侦探跟踪的你，也是这样有的我电话。你不用紧张，我就是确认一下她说的是不是真的，没事。"我已经不想再多说了。

秦朗默默开车，我能感受到他的尴尬和压抑。

那天后，我和秦朗像是多了层看不见的隔膜，无论秦朗怎样逗我开心，对我各种示好，我的内心都无波澜。这样的爱我承受不起，而秦朗也逐渐疲于应对我的冰冷。之所以没有立即离婚，是不想让我爸担心。

这天，我接到了律师打给我的电话，我和洪海洋的案子已胜诉，而胜诉，只是赢得了一张纸而已，洪海洋早已转移了全部资产，法院的强制执行，对于我，只是形式而已。法院也不会负责调查取证，想要把转移的钱要回，需要我自己调查取证，有了证据再提交给法院，才有机会追回欠款。

不仅如此，仿佛示威一般，这天我也收到了新的法院传票，原来在我诉讼他的同时，洪海洋已换了个名义诉讼我。这次，他不仅说公司和他一点关系都没有，还提供了一堆他给别人转账的记录，说都是替我公司支付的款项，累计335万元整，而之前他转走的公司款项都是对他欠款的偿还。我不懂这样的无稽之谈怎么可以立案，那我此前的胜诉算什么？真的可以分为独立的两件事看？这就是所谓的正义么？

我真的觉得洪海洋像一个跳梁小丑般垂死挣扎。这件事激发了我丧失已久的斗志，我是什么时候学会忘记仇恨的？我又是什么时候学会愚蠢的善良的？

我不再寄希望于所谓的正义和道德，一定会恶有恶报，善有善报。

这些都是让人丧失斗志的自我欺骗的词语。

退让，只会让坏人变本加厉地继续施加伤害。

我并没有告诉秦朗案件的进展情况，秦朗的律师朋友也并未特意与他沟通。这是我一个人的恩怨，我必须自己解决。何况，此时我和秦朗濒临解体的婚姻状态呢。

独自安排好律师应诉后，我上网搜索各种如何对付老赖的方法，五花八门。最终，我的目光锁定在一个专业私人收账的电话上，电话拨过去，另一端传来一个年轻有力的男性声音，并伴随着饭馆嘈杂的环境音。

"喂，你找谁？"

"嗯，你是能帮人收账吗？我在网上看到你的电话。"我不自然地回答。

"能啊，你说说情况吧？"对方边咀嚼边问。

"好，我是胜诉方，对方欠我两百多万，但是法院执行的时候，他名下财产已经转移了。我只有他的身份证信息，他的电话已经是空号了，其他的我都不知道，这样你们能收回来吗？"我用尽量简单明了的语言，来说明这件复杂恶心的事。

"当然能啊，就没有我收不回来的账，但收回来的钱咱们可是五五分。"对方的语气显然有了兴趣。

"可以，只要你能做到，那你们怎么要回来钱呢？他名下都没有财产了。"我很好奇。

"那你就甭管了，方法多得是。对付这种滚刀肉，你打官司就是白花钱，他有孩子吗？有父母吗？有媳妇吗？总有他在乎的吧，打蛇打七寸，他在乎什么就动他什么，他就吐钱了。"

"能不能只找他本人要钱，跟他家人没关系的。"

　　"姐姐，我跟他好说好商量的能要回来吗？你还想不想要钱了？想要钱，就把法院判决书复印件给我，然后再给我个要账的委托书，其他的你甭管，等着收钱就得了。"对方不耐烦地说。

　　"那，我先不用了，谢谢。"我迅速挂断电话。

　　我听出这个所谓专业收账的人，只是另一个坏人，我不能与恶为伍，这个方法不行。还有什么办法能找到洪海洋，拿回属于我的钱呢？

　　我的大脑不停思考寻找洪海洋的方法。

　　一个礼拜后，小川约我，说想和我再爬一次香山。

　　虽然北京的深秋比老家温度高，我仍能感受到细微的凉意往我脖领子里钻。

　　香山依旧人很少，和上次爬山的时候一样。

　　我们不说话，在缭绕的雾雨中埋头往上爬，似乎憋着一股劲儿。

　　在香山寺，我虔诚地上了一炷香。然后在正殿前的石屏面前伫立良久。

　　石屏中间刻的是《金刚经》，左右两侧是《心经》和《八大人觉经》，都是乾隆皇帝亲笔御书。我虽然对佛经涉猎不多，但因为母亲的缘故，倒也了解过《金刚经》。

　　"一切有为法，如梦幻泡影，如露亦如电，当作如是观。"

我心中反复默念回味这四句偈语，世间的万事万物都在其中。那如果真有轮回的话，妈妈此刻在何处呢？

雨中回响的钟磬声，被檀香味的轻烟裹挟着，向我飘来，我仿佛听见妈妈对我的叮咛，妈妈一定希望我快乐地活下去，面向未来，而不是沉溺在曾经之中。

下山的路，我们反而走得很慢。

树枝上破败的树叶，铺在我目所能及之处，孤独深沉。

下山后，小川提议去吃火锅。我们找了一家铜锅涮肉的店，靠窗而坐，铜炉热气升腾，在窗上形成一层薄雾。

"喝点酒吧，驱寒。"小川说。

"好。"我回答道。

几杯白酒下肚，我的心里，胃里都烧着了，融化了，我听见心脏在用力跳动着，一下一下撞击我的胸腔，似乎刚从冬眠中醒来一般。小川的脸逐渐清晰，隔壁的雅座侃大山的声音也清晰了起来，他们显然是喝高了，哼着不成调的歌。

我和小川相视一笑。

"欠你钱那个傻缺，就该让雷劈死，他怎么不替好人去死呢！"小川打趣道。

"我也奇怪呢，怎么好人不长寿，坏人活得久呢？……"

"早晚有天降正义的时候，该吃吃该喝喝，别让傻缺影响心情。"

"对，早晚天降正义。"我举起酒杯，一饮而尽。

火锅店快打烊的时候我们才出来，隔壁的那桌也是，几个人喝得烂醉，东摇西晃地走在我们前面。我虽然喝了不少酒，但因为缺乏安全感，从来没有喝到烂醉过，始终在疲累地保持清醒，今天也是。

所以，我清醒地从那群人中认出洪海洋的背影，他上了出租车，和朋友挥手作别。我也拦了一辆出租车，和小川一起上车，嘱咐司机跟着前面那辆车。

司机诧异地看了我一眼，我淡淡解释道："我们是朋友，约好一起去玩的。"

小川明白我要做什么，给了我一个坚定的眼神，我们心照不宣。

路灯快速向后飞驰，我在脑海中一遍遍放映各种处决洪海洋的画面，盘算着待会儿要用哪一种。

北京全市下辖 16 个区，总面积 16410.54 平方千米，常住人口 2153.6 万，在这样的城市中找一个刻意躲着我的人，就像大海捞针，我却在此时此地，遇上了洪海洋，这不是天意是什么呢？

醉酒的洪海洋并没有锁门，瘫睡在沙发上，我和小川轻易就进了门。

我顺手从他精致豪华的玻璃酒柜内，挑了一瓶最贵的酒拿在手里。我拍了拍他的脸，他醉眼惺忪地睁眼看到我和小川，一脸茫然，缓了一下才辨认出我来。

236

我将手中的酒瓶用力砸在他头上。

那个在酒吧对人大打出手的陈卓回来了。

浓郁的酒香也掩盖不住他血中的那股人渣味，血和酒混在一起，顺着他的脸滴滴答答往下流。

"这是我替我妈打的。"

洪海洋起身晃晃悠悠地想要回击，却被我用靠立在沙发一角的吉他，狠狠砸在他背上，琴颈断裂，崩断的琴弦哀鸣着，奏出最后的乐章。

"这是替我自己打的。"

洪海洋倒在地上，低声哀号："别打了，我还钱，我还钱……"

"你的设备放在哪？"我问。

"地下室……"

我转身去酒柜拎起两瓶酒往地下室去了，小川也拖着洪海洋下了楼。

"这里有百分之五十是我的吧？"

"是，是，是。"洪海洋赶紧回答。

我将属于我的一半的机器一件件砸在地上，然后淋上了酒。

看着这一幕，洪海洋也有些呆了。

"我只是想告诉你，这些钱对我来说，毫无意义，你觉得法律制裁不了你是吗？你最好把诉讼我的案子给撤了，反正我一无所有了，我妈都去世了，我还有什么好在意的吗？你可不一样，你在意的太多了，如果你不撤销，我哪天不高兴，还会再来，我不保证下次我会不会做出什么更危险的事。"

砸完这些设备之后，我让律师去法院撤销了对洪海洋的强制执行，因为属于我的一切，我已经砸光了。之后的好多天，我一直在平静地等待警方的传讯，结果却没等到。等到的是律师通知洪海洋撤销诉讼我的消息。

我不知道洪海洋是真的怕我对他做什么更危险的事，还是他被我砸傻了，但是都不重要了，我只是明白了对付坏人要用坏人的方法，才更有效。

临近年尾，我接到爸爸的电话，告诉我他找了新的老伴，让我不用担心他了，有人可以照顾他。此时，距离妈妈去世不过三个月，我虽不反对爸爸再婚，但无法接受时间如此之快，那个在妈妈去世时悲伤不已的爸爸，这么快就忘了妈妈吗？这个念头一闪而过，很快，我就明白，这可能是爸爸化解悲伤的方法，他要用这样的方式让自己快速走出阴霾，也让我不担心他的生活。

我忽然发现自己变得了无牵挂了，好像我不需要再为谁负责，似乎没有人真正的需要过我。唯一需要我的妈妈已经不在这个世界了，我要为谁努力？自己吗？眼前这一切是我想要的样子吗？太多的问题，没有答案。

有时候，向前冲，是勇敢，

有时候，向后退，是另一种勇敢。

春节前不久，在秦朗出去忙工作时，我留下了一份已经签好的离婚协议书以及一个便条，独自离去。便条上写着："我觉得很累，要离开这里了，你不要等我，好好生活，谢谢你带给妈妈的快乐。我们终究不是一个世界的人，不要试图联系我，手机号码我换了，我们之间没有什么财产问题。你帮我在老家买的房子，我已委托律师在办理离婚手续时一并转给你，房间里的物品和衣物你帮我扔了吧，我都不要了。这不是冲动的决定，是我深思熟虑的结果，但请不要跟我爸说这些，刚经历过妈妈的离世，他承受不了这么多。我会自己和他沟通，请尊重我的决定，各自保重。"

很多决定，没有对错，只有结果，就像量子世界，各种关系和可能都存在，取决于你看到了什么，或者你想看到什么。

34

我带着极少的行李，里面只有两身换洗衣物、妈妈的照片，以及妈妈未完成的十字绣，来到了曾听小川提起过的远在江西的很适合静修的尼姑庵暂住。

我是没勇气脱离所谓的尘世的，我只是想要一个远离纷扰喧嚣的地方，让心静下来，也可以离妈妈更近。

住持给我提供了一间客房，白天我随师父们一起诵经种菜、扫洒庭院，晚上我便点起青灯，默默拿起绣针，完成妈妈的十字绣。

日出而作，日落而息。

偶尔我也会用新手机号码跟爸爸聊天，听他分享他的新生活。有时也会和小川聊两句，小川说自己和秦朗认识三四年了，却从来不知道秦朗结婚的事情，当然这些事情对我来说已经不重要了。

古庵的门口一左一右有两棵娑罗树，右边树下有一块光滑的青石。我无事做的时候便会坐在青石上，听着晨钟暮鼓，看着群山杳渺。

春节的前一天，天空被一层淡粉色的薄云笼罩着，不多时，纷纷扬扬飘起雪来。我站在娑罗树下，看雪花簌簌而落，心中一片空寂，直到住持开口，我才发觉她也已经在山门伫立多时，身上落了薄薄一层雪。

"师父为什么不避一避，要站在雪里呢？"我问。

"谁不是站在雪里呢？"住持含笑反问。

我看看自己，虽然头顶有娑罗树遮挡，却仍然有细碎的雪花飘落。再看看群山，在无声中已变成一片纯白。是啊，人这一生，谁不是站在雪里呢？既然不可避，不如坦然面对。

远处传来阵阵鞭炮声。

爸爸是不是像以前一样准备年夜饭，包饺子？只是换了一起包饺子的人。

到了夜里十二点时，报钟敲响十二下，声彻山谷，新的一年来了。

整个庵里灯火通明，院里的大香炉飘出阵阵檀烟，满院前来祈福的香客，有被搀扶着上山以示虔诚的老人，有调皮捣蛋，活泼可爱，尚不知何谓信仰的小孩儿。

漆黑的远空里一朵朵绚烂夺目的烟花绽开，望着远空的烟花，我又想起了最后一次和妈妈一起看烟花的情景……

"阿弥陀佛"对我而言，不仅是信仰，更是妈妈的另一种存在……幸好，妈妈给了我信仰，让我可以支撑，不然，我该如何存在？

我忽然理解了，那些关于传宗接代的执念，如果只身一人，没有牵绊，活下去的意义和勇气可能就不见了。生命，随时都是可以被风吹散的。

这一年，深刻且难忘。最深的遗憾，最痛的面对，最重要的抉择，最不舍的再见……现在才反应过来，生活竟如此匆忙地破碎，不给喘息留一点时间。

然而这一年终究还是结束了，永不会忘，再不能来。

第二天我便和住持辞别。

住持送了我一幅墨宝，上面写的是苏轼的一句词：一蓑烟雨任平生。

我再次回到熟悉又陌生的北京。

新春伊始，暖风袭人时。我终于有勇气整理妈妈离世前的照片和录影，也可以拿起绣针，继续完成妈妈生前准备送我却未完成的十字绣，只是这幅十字绣，无法如妈妈所愿，挂在我和秦朗的家内了。

之前的房子也退租了，现在的我又是一无所有，兜兜转转又回到了原点，于是只能先在宾馆栖身，又花了很久才找到合适的房子。

房间空空荡荡，又要重新开始了。这样也好，可以和过去彻底作别。

原就一无所有，本就一无所求。

一生的故事太过冗长和无聊，如果足够精彩，半生就够了。

回望来时路，遇见很多人，转身很多人，经过很多美景，看过很多糟粕，清醒一刻，糊涂一时。

在古庵中，我觉得自己割舍不下红尘，回到北京却又觉得生活枯燥无趣，甚至面目可憎。但我还是决定，拥抱生活。

三年后，"如鱼"公司已经颇具规模，我甚至还和项阳达成了深度合作。我们微笑着握手，绝口不提往事。

我制作了一部电影，特意在老家举办了首映礼，邀请爸爸参加，爸爸喝了几杯，高兴地给大家讲当年做电影放映员时的事儿。他的新老伴儿也偷偷告诉我，爸爸相亲时只提了一个要求，说死后一定要和妈妈葬在一起。

爸爸对妈妈的爱，竟是我无法想象的深刻。

那天我告诉爸爸，我想把公司交出去。

"那之后呢？你去哪？"爸爸问我。

"哪儿都可以。"我不假思索地回答。

当天晚上我做了一个很长的梦。

梦里，再次开车行驶在路上，因为路段拥堵不得不下高架，随着导航穿梭于郊区的旧楼中。绕过几个弯儿后，眼前是一片幽静的小区居民楼，低矮灰旧的二层小楼，杂乱纠缠的电线，吱吱扭扭运作的空调外机……

路很窄，两边是高大的银杏树，许多院落的门都开着，一个小女孩儿拿着纸风车跑了出来，身后跟着那个满面慈祥的送我向日葵的婆婆。

眼前的景象不正是之前导航带错路时遇见的吗？

婆婆和小女孩忽然消失不见，取而代之的是妈妈笑着向我走来。她笑得那么灿烂，就像她身后无边际的向日葵花海。

我随妈妈走向花海深处，紧紧握着妈妈熟悉的温暖的手，生怕再次分离。

花海的尽头，是一个七彩斑斓的古朴村庄，空气中是童年闻过的，雨后泥土的清新，天上飘着彩色的云，地面生长着许多不知生长了多少年的古树，还有从不曾见过的可爱动物来回奔跑。古树下面的人群，面庞陌生却很亲切，正在为了欢迎我的到来，而点燃烟花，妈妈笑着将我拥入怀中，一起看远空缤纷的烟花。这样久违的拥抱，真好。我又闻到妈妈身体散发的独特味道，这味道让我踏实安定，我只想时间静止，永远沉浸在妈妈的怀抱里，再也不醒来……

我回头看向来时路，向日葵的花海已然消失不见。

看见的，竟是世界彼端的我，那个生来就被人放弃，一路步履匆匆寻找爱的我，那个活在充满欺骗的生活中的我，那个甚至顾不上委屈的我……

我看到曾经遇到过的人们，像走马灯一样一个个出现在我的面前，对，是每一个人，跳鸡毛舞的东东，被我打得头破血流的客人，许多年未见的肖睿都出现了，每个人的脸都无比清晰。

我再也不愿回到世界的彼端，只想一直牵着妈妈的手，看烟花的绚烂，听微风的柔语……

烟花，绚烂而短暂。可依然影响不了众人追逐的步伐。

追随，放弃；烟非烟，花非花。

深坑之下，都是坟墓。生活的深坑，地陷的深坑，不该拘泥于形式。

哪一个世界才是真实的？又或许都是虚无的，又有什么重要呢？

这世界很奇幻，有时唯神论，有时超科学。恍惚间，浸透了时空。

244

番外篇

如果"三岁看老"，那我的暴力因子，就是三岁这年显现的。那时候我的名字还不是陈卓，我的名字是陈雪。

20 世纪 90 年代初，北方的小镇很闭塞也很落后，整个镇上没有一栋高建筑，目光所及都是连成片的平房，大家收入都很低，农业户口的以种地为生，非农业户口的上班或者做些小本买卖，收入却相差不大。爸爸是那个年代鲜有的高中毕业生，拥有高中学历的爸爸是镇上唯一的电影放映员。所以，是镇上收入较好的，我们家顺理成章地成了镇上第一个有彩色电视机的家庭。那时候，每到电视剧开播时，屋里屋外挤满了人，甚至连生火做饭的灶台上都站满了人。

又是一天——大家来看电视的时间，不知道是什么原因，邻居杨叔叔惹到了三岁的我，另外一个好事的叔叔故意逗我："陈雪，我要是你，我就用刀砍他，看他还敢不敢惹你。"大人的一句玩笑话，没想到，被三岁的我当了真，正当大家沉浸在电视剧的欢乐中时，"哎呦"，杨叔叔的尖叫让大家都转头看向了他。杨叔叔面前，三岁的我，小手紧紧地握着菜刀，已经将杨叔叔的棉裤砍破，还好我的力气小，只是裤子破了，并没有伤到皮肉，但着实吓了杨叔叔一大跳。除了妈妈严厉的指责把我说哭了，大人们都是开着玩笑把这个事情过去了，很快又专心致志地看电视了，所有人都没把这当回事，可是妈妈却很担心。她总坚信那句话"三岁看老"，妈妈这样过度操心的性格，使得她年纪轻轻就在眉心竖起了淡淡的悬针纹。

小时候，我最得意的事情就是坐着爸爸的二八自行车，陪着爸爸去各个单位放电影。露天广场，拉起大大幕布，天还没黑，就有成群结队的人们搬着小板凳来抢占更好的观影位置，大家边嗑瓜子边聊天，嬉嬉闹闹。这是我印象很深的影像记忆，等到天黑透，幕布前已是数不清的人影。

"光明，今天放什么电影啊？放点武打的呗。"人群中传来一个男人的问话。

"今天放《少林寺》，武打片，特别好看。这就放，等着吧。"瘦高的爸爸笑着回答，由于太瘦，所以爸爸笑起来的脸颊上法令纹很深，爸爸的全名就是陈光明。那时候，电影有多受欢迎，爸爸就有多受欢迎。

爸爸将铁盒包装的影带装进放映机，操作了旁人看不懂的按键开关，影像就随着放映机散射出的光直映在幕布上，电影开篇的音乐和大家的欢呼声同时开启。这是无法超越的集体幸福感。每当这时，我都倍感自豪，我喊着爸爸抬头看天空。我们一起看到——满头繁星。

爸爸做放映员的工作，持续了三四年的样子，之后因为取消电影放映的岗位，爸爸又做过电工。后来，随着镇上居民的生活水平越来越高，外面吃饭的需求越来越大，爸爸妈妈看准时机，开了家面馆，家里比过去增加了更多的收益。然而，无论父母有多少收益，也都存不下钱，更多都是给我治病和读书用的。

自幼哮喘的我，身体免疫力很低，但凡感冒，没有一次是落下我的，而且一感冒就会诱发哮喘，打针吃药是常态。人们都说，我家的钱都送给了镇上的杨大夫家里。由于体质差，所以妈妈是不让我冬天出去玩的，甚至连大笑都是不可以的，因为白天大笑，晚上是要咳嗽的。有几次，我骗妈妈说今天没有使劲笑，都是因为晚上咳嗽不停，被妈妈揭穿了。

据说，幼年不顺利的小孩儿，会比其他同龄孩子懂事。除了三岁砍坏了杨叔叔的棉裤外，我确实都可以算得上是懂事的小孩儿。每次，老远看到有认识的人走过，我是一个都不会放过的，一定要主动打招呼，"吃了吗？叔叔""出去溜达啊，阿姨"等等诸如此类的问好方式，都来自年幼的我的嘴里，再加上我肉嘟嘟的笑脸上印着的深深的酒窝。所以，大家都很喜欢爱说话的我。

别以为懂礼貌的我，就是乖巧的女孩儿样，我在妈妈的精心栽培下，顺利成为一个可爱的"小男孩"，不是妈妈重男轻女，而是因为妈妈担心天生爱臭美的我会被长发分散学习精力。所以，18岁之前，我就是假小子一枚。不同于普通女生的短发，我的短发是和男生一样的，后脑勺的头发都是用电动推发器推起来的。到今天，我都能记得颈后的凉爽。

如妈妈所愿，短发的我，成绩一直都是班级稳稳的前三名。

我的前三名来得可是不容易了，因为同班同学至少都是大我一岁的，并不是父母对我寄予多高的厚望，一定要刻意栽培，而是我自己主动要求的。

因为看到比自己大两岁的小伙伴小静上小学了，没人继续陪我玩了，5 岁的我想到的解决办法，就是和小静一样，一起上小学。我和父母不止一次央求着要上一年级。

妈妈提出了直击灵魂的问题：你现在上一年级，上厕所擦屁股怎么办？

小小的陈卓自信地答道：我可以自己擦啊。

妈妈又增加了难度：要是你擦不干净呢？

"我可以让小静帮我擦啊"，我觉得自己无比聪明。

妈妈实在忍不住笑出声：人家上课，还给你去擦屁股啊。

我尴尬且绝望地站在原地思考。

虽然被妈妈嘲笑了一番。最终，我还是如愿以偿地提前背上了红色皮质小书包上学。

调皮和爱笑是我小学时代最显著的标签。

不知道是不是短发的缘故，除了爱唱歌跳舞之外，我没有一点女孩儿的样子，爬树、摔跤都是我的强项。

在我特别热衷摔跤的日子，忽然发现，本来一起玩的女生都不知哪玩去了。因为我天真地以为她们也喜欢摔跤，不停地把别人摔倒在各个场合，制造我所谓的惊喜，连平日关系最好的女同学都对我敬而远之了。

还好，我天生就有"多管闲事"的习惯，哪个同学有困难，我都是第一个发现并且积极帮忙，也因此不识时务地搅和了男生对喜欢的女生"示好"。因为这个年纪的男生只会用调皮捣蛋来示好，我自然是要阻止这样的调皮行为，仿佛自己是个女英雄。

小朋友之间差一岁，确实情商会差很多，除了功课之外，我的其他感知总是不尽如人意。

比如，第一次理解"喜欢"这个词，是在小学三年级。

那一年，我8岁。暑假的一天，我和同班最好的女同学小玲约好在我家做作业。小玲忽然害羞地和我说：我和你说个秘密，你可不能跟别人说。

我信誓旦旦地点头：肯定保密。

"我喜欢四年级的任浩南。"说完小玲就不好意思地笑了。

而一瞬间，我呼吸的空气像凝固了一样。

紧接着，我的疑问打破了已经凝固的空气：呃，什么是喜欢啊？

小玲看了看我，立刻收拾作业，转身要走。

我赶紧拉住她问："你怎么啦？"

小玲以为我装不懂，便故意一字一句地说：我——生——气——了——

没想到，小玲被我更真诚的问话惹得更生气了：什么是生气啊？

这是我第一次懂得"生气"这个词的含义。

再比如，小学五年级，有一天体育课自由活动时间，班级一个男同学跟我说他可以抓蜜蜂，蜜蜂不会蜇他。

"吹牛，蜜蜂不能抓，会蜇人的。"我很笃定。

"真的，你不信？我给你抓一个你看看。"说完，他就伸手在花坛边抓了蜜蜂，又迅速放开。

我满眼崇拜，觉得太了不起了。

"哇，真的啊，我也要试试。"完全不给别人劝我的机会，伸手就抓住了一只蜜蜂，紧随而来的就是我"哇"的一声大哭。我忽略了要迅速放开蜜蜂，以免被蜇。

当同学们开始有了性别意识，悄悄暗恋某个男生女生时，我却痴迷于电视里的古装武打片，一心想练成轻功水上漂，飞檐走壁，打狗棍法，一次次从树上"飞"下来。

当然，我也会有胆小的时候，比如我最恐惧的毛毛虫。

每次遇见毛毛虫，我都会跟妈妈说："妈妈，我不敢过去，那有个虫子。"

"有什么好怕的，它吃你吗？"我总能收到妈妈钢铁质感般的回答，并且还会强行把我带到害怕的虫子面前，让我直视着踏过去。

所以，我逐渐什么都不怕了，因为怕了也没用，妈妈会让我"无路可退"。

我和妈妈经常都是各种唇枪舌剑，而和爸爸的关系却是妈妈羡慕不来的好。我会为了爸爸把"世上只有妈妈好"改为"世上只有爸爸好"，会因为担心爸爸从厕所偷着离开，而一直在厕所门口严防死守，也会因为爸爸有事，去外地出差三天。想到发高烧，爸爸不得不提前回来陪我，没有爸爸的每一分钟都是难熬的。和妈妈严厉管教形成鲜明对比的，是爸爸对我的有求必应，无论我是否任性，爸爸都会为我逐月摘星。

童年的一切都是美好的、幸福的，学校所有的荣誉和夸赞都是属于我的。我成了这个被山包围的北方小镇上最引人注目的"别人家的孩子"，一个永远都是笑容灿烂的"假小子"。虽然父母只经营着一家小小的面馆，也是尽可能给我所有最好的一切，什么是生气？什么是悲伤？这样的负面词语都和我没关系，包括我以为的妈妈对自己的过分严苛，也只是严厉的说教而已。这些严苛琐碎到，坐着必须后背挺直，吃饭只能就近夹菜，不可以有声音，不可以唱歌，不可以上树。还有，走路两脚必须笔直，不可以外八字，也不可以内八字等等，而这些严苛，都能用我的玩笑和赖皮换来妈妈的"放水"。

这些就是我最初的记忆。

我曾以为：

没有阳光时，钻石，坚不可摧；

阳光洒下时，钻石，闪耀，甚至刺眼。

却忽略了钻石的本质只是普通的石头。

时间没有尽头，只有路口，走向哪个路口？遇见谁？发生什么？

究竟是命运造就了今天的我们，还是我们自己选择成为这样的自己。

一切缘起最初的记忆。